KB253220

REGIS
레기스

수월화 퓨전 판타지 소설
FUSION FANTASTIC STORY

레기스 3

수월화 퓨전 판타지 소설

초판 1쇄 찍은 날 § 2007년 12월 6일
초판 1쇄 펴낸 날 § 2007년 12월 15일

지은이 § 수월화
펴낸이 § 서경석

편집장 § 문혜영
편집책임 § 심재영
편집 § 유경화

펴낸곳 § 도서출판 청어람
등록번호 § 제1081-1-89호
등록일자 § 1999. 5. 31
어람번호 § 제1-0926호

주소 § 경기도 부천시 원미구 심곡1동 350-1 남성B/D 3F (우) 420-011
전화 § 032-656-4452 팩스 § 032-656-4453
http://www.chungeoram.com
E-mail § eoram99@chollian.net

ⓒ 수월화, 2007

ISBN 978-89-251-1068-4 04810
ISBN 978-89-251-0976-3 (세트)

수월화 퓨전 판타지 소설
FUSION FANTASTIC STORY

REGIS
레기스

③

도서출판
책벌람

REGIS

Contents

Chapter 1
실에 매달린 인형들

REGIS

올리비아 공주의 수행원들은 볼티아 요새에 머물고 있었다. 공주가 볼모로 남게 되었다는 소식을 들었지만, 자신들은 어떻게 해야 할지 전해 듣지 못했던 것이다.

"결국 공주님은 남기로 하신 거군요."

"그렇게 되었구나."

하운드 공작은 고개를 끄덕이며 레일리아를 쳐다보았다. 소식을 전해 들은 수행원들은 슬픔을 감추지 못했지만 그녀는 별다른 기색을 보이지 않았다.

"괜찮겠느냐?"

레일리아는 부드러운 미소를 지었다.

"잘 돌봐주세요. 원수의 딸이라지만, 제겐 친딸이나 마찬가지니까요."

담담하게 말했지만 그녀는 결국 눈물을 보이고 말았다.

"이럴 때는 후련하다고 해야 하는데……."

"그러지 말고 가르비아로 가는 것이 어떠냐?"

레일리아는 눈물을 훔치며 공작을 쳐다보았다.

"가르비아로요?"

"그래. 폐하께서도 그게 좋겠다고 하셨다."

공작은 베르데 여왕의 말을 떠올렸다.

"언니도 돌아갈 이유가 없을 거예요. 그러니 공주와 함께한다는 핑계로 데려오는 게 어때요?"

하운드 공작도 생각이 같았다.

레일리아가 포트란 왕국에 돌아가서 할 일은 없었다. 오히려 올리비아 공주 곁에 남지 않고 돌아왔다는 이유로 벌을 받지나 않으면 다행이었다.

그럴 거라면 차라리 데려오는 게 낫다는 것이 베르데 여왕과 하운드 공작의 생각이었다.

그러나 레일리아는 그럴 마음이 없었다.

"아니에요. 아직 할 일이 남아 있어요."

"할 일이라니?"

“잊으신 거예요, 제가 왜 남았었는지?”

하운드 공작은 우울한 얼굴로 고개를 숙였다. 이십 년 전, 그가 어린 여왕을 데리고 피시스 왕국으로 돌아올 때 레일리아도 함께 돌아올 예정이었다.

가문과 인연을 끊은 지 십 년이 넘었지만, 레일리아는 그 소식을 알리기 위해 고향에 들렀던 것이다.

그러나 고향에서 그녀를 반겨주는 사람은 아무도 없었다. 가문은 누명을 쓰고 숙청당한 지 오래였고, 저택은 불타 터만 남았다.

행복한 미래를 꿈꾸던 레일리아는 순식간에 현실의 나락으로 떨어졌다.

“뜻이 그렇다면 말리지 않으마.”

“고마워요, 아저씨.”

모든 걸 아는 공작은 그녀를 말릴 수 없었다.

“너무 고집 피워서 죄송해요.”

“폐하께서도 아쉬워하실 게다.”

레일리아는 힘없이 늘어진 공작의 어깨에 손을 얹었다.

“베르데는 저를 싫어했었죠.”

“철없는 투정이었을 뿐이야.”

공작의 푸념에 레일리아는 생각했다.

그때 복수를 포기하고 함께 피시스 왕국으로 왔다면, 지금쯤 어떤 삶을 살아가고 있을까? 분명 지금과는 전혀 다른 삶을 살아가고 있었을 터였다.

그러나 그녀는 복수를 선택했었다.

"미움받기는 싫었거든요."

"핑계는……."

레일리아는 마음을 굳혔다.

"저는 돌아갈 거예요."

"왕궁에는 어떻게 남아 있을 생각이냐?"

"그러니까, 아저씨 도움이 필요한 거예요."

그녀의 얼굴에서 미소가 사라졌다.

"복수는 이제부터 시작이니까요."

"그래서, 그분을 도왔으면 한다는 거군요."

"예, 전하."

하운드 공작은 고개를 숙이며 루델의 눈치를 살폈다.

베르데 여왕은 그런 공작을 뚱한 얼굴로 쳐다보았다. 레일리아는 용병 생활로 바쁜 공작을 대신해 자신을 돌봐준 사람이었다.

그래서 공작에게 그녀를 데려오는 것이 어떻겠냐고 제의했던 것이다.

그런데 그걸 거절하고 오히려 포트란 왕국에 남을 수 있도록 도와달라고 하니, 여왕으로선 그런 레일리아가 야속할 수밖에 없었다.

"이십 년간 품어온 복수라……."

입꼬리를 말아 올리는 루델을 흘겨보며 여왕이 물었다.

"언니 때문에 일이 복잡해지지 않을까요?"

공작은 섭섭한 마음이 들었다. 여왕의 말에는 분명한 반대의 뜻이 담겨 있었다. 옛정을 생각한다면 찬성해야 마땅할 일이었다.

그러나 공작은 여왕을 이해해야만 했다.

그녀는 한 나라를 이끌어가는 사람이었다. 많은 정책이 왕자인 루델의 손을 거치고 있었지만, 마지막 결정을 내리는 사람은 어디까지나 여왕인 그녀였다.

포트란 왕국을 이용해 유단 왕국을 견제하려는 계획에 레일리아는 걸림돌이었다. 그녀가 복수하려는 대상 중에는 남부의 귀족들도 끼어 있었기 때문이다.

그래서 여왕은 쉽게 찬성할 수 없었다.

"꼭 그런 것만도 아니죠."

루델이 손가락을 까딱였다.

"좋잖아요? 연락책으로 써먹기엔."

"길트 공작과의 연락책으로 말입니까?"

듣고만 있던 미크론이 물었다.

"그래, 마땅한 사람이 없었잖아?"

"그건 그렇습니다만."

고개를 끄덕였지만 미크론은 떨떠름했다.

피시스 왕국은 올리비아 공주의 부탁대로 길트 공작을 대공으로 임명할 예정이었다. 그러나 그쪽 사정을 잘 아는 사람이 없어서 계획을 진행시키지 못하고 있었다.

그런데 기다렸다는 듯이 그 역할에 어울리는 사람이 나타나다니, 우연치고는 무언가 미심쩍은 일이었다.

하지만 미크론은 신경 쓸 일이 아니라고 생각했다. 루델에 대한 믿음은 그런 사소한 의심조차 무시할 정도로 두터웠던 것이다.

미크론이 걱정하는 것은 레일리아를 얼마나 믿을 수 있느냐였다.

"자네 걱정을 모르는 것은 아니네만."

공작은 그런 미크론의 마음을 알아차렸다.

"레일리아에 대해서는 내가 보증하지."

"언니에 대해서는 나도 보증할 수 있어요."

여왕까지 공작을 거들고 나서자 미크론은 고개를 끄덕일 수밖에 없었다.

"알겠습니다."

"좋아요. 그럼 그렇게 하죠."

루델이 의견을 모았다.

"길트 공작을 대공으로 임명하는 일은 그리 어렵지 않을 거예요. 올리비아 공주가 미리 공작에게 지시해 두었다고 하니까요."

말을 멈춘 루델은 싱거운 미소를 지었다.

"기특하게도."

여왕과 두 공작도 같은 미소를 지었다. 올리비아 공주가 그런 것까지 준비해 두고 피시스 왕국으로 왔을 줄은 생각지도 못했던 것이다.

"일단 길트 대공과 비슷한 권력을 주는 것이 좋겠군요. 다만, 복수는 후환이 없을 정도에서 적당히 끝내달라고 전해주세요."

"예, 전하."

고개를 숙이는 공작을 쳐다보며 여왕과 미크론이 미묘한 표정을 지었다.

'후환이 없을 정도로 적당히?'

어쩐지 어울리지 않는 말이었다.

"그리고……."

더 할 말이 있는지 턱을 쓰다듬던 루델은 아까부터 계속 생각에 잠겨 있는 세란을 쳐다보며 눈썹을 찡그렸다.

"왜 그러니?"

"뭔가 좀 만족스럽지 않아서요."

여왕은 여전히 세란을 쳐다보는 그를 흘겨보았다.

"아직 쌓일 나이는 아니잖니?"

"하하. 제가 좀 조숙하잖아요."

싱거운 미소를 흘리며 루델은 세란을 불렀다.

“세란, 무슨 생각을 그렇게 하는 거야?”

“네?”

그제야 생각에서 깨어난 세란은 민망함에 얼굴을 붉혔다.

“무슨 걱정이라도 있어?”

“실은, 올리비아 공주 때문에 조금…….”

말을 흐리는 세란에게 여왕이 물었다.

“몰래 괴롭히기라도 하니?”

“아, 아니요!”

세란은 급히 손을 저었다.

“그럼 무얼 걱정하는 거야?”

“그게…….”

고민하던 그녀는 한숨을 내쉬며 이야기를 시작했다.

세란은 집무실에 머무는 시간이 많았다.

루델 왕자와 레이아 공주를 돌보는 일도 여전히 하고 있었지만, 그보다 여왕을 도와 국정을 처리하는 데 더 많은 시간을 할애하고 있었던 것이다.

그렇게 여유가 없는 상황에서 올리비아 공주까지 떠맡아 버렸으니 버거울 수밖에 없었다.

하지만 세란은 올리비아 공주를 매몰차게 대하지 않았다. 자신을 언니라 부르며 따르는 공주가 어색하긴 했지만, 볼모로 잡혀 있는 처지가 불쌍했던 것이다.

문제는 거기에서 시작되었다.

따로 챙겨줄 시간이 없어 항상 데리고 다니다 보니, 자신이 다루는 국가 정책에 대해 알게 되지 않을까 하는 걱정이 들었던 것이다.

아무리 처지를 동정하고 있다 해도, 세란은 그것이 마음에 걸렸다.

"공주가 딴마음이라도 먹을까 봐?"

"물론 어려운 일이라는 건 알아요. 하지만……."

세란도 올리비아 공주가 할 수 있는 일이 거의 없다는 사실을 잘 알고 있다. 그러나 그렇다고 해서 걱정이 사라지는 것은 아니었다.

"세란 말대로 만에 하나라는 게 있지 않니?"

잠자코 있던 여왕이 세란을 두둔했다.

"흐응."

턱을 쓰다듬던 루델은 어깨를 으쓱였다.

"그냥 두지?"

"예?"

"보면 좀 어때. 아니, 견딜 수나 있을까?"

음흉한 미소에 세란이 뚱한 표정을 지었다.

"그건 좀 심한 거 아니니?"

여왕이 바로 떨떠름한 반응을 보였다.

"불쌍한 공주님이시니 그 정도 고생은 하셔야죠."

“그래도…….”

“모르는 일이죠. 오히려 극복해 낼지.”

결국 여왕은 루델의 의견대로 올리비아 공주를 신경 쓰지 않기로 결정했다. 그녀보다 레일리아와 포트란 왕국의 일이 더 중요했기 때문이다.

“그럼 레일리아에게 이 소식을 전하도록 하겠습니다.”

“부탁해요, 할아버지.”

회의가 끝나고 공작이 먼저 자리에서 일어나자 루델은 잊고 있었다는 듯 손가락을 튕겼다.

“아참! 새할머니께 안부도 전해주시고요.”

“전하!”

공작은 급히 여왕의 눈치를 살폈다.

“누가 새할머니라고?”

“어라, 그런 얘기 아니었어요?”

여왕의 도끼눈을 피하며 루델이 딴청을 부리자 공작은 도망치듯 집무실을 나갔다.

“아버지!”

남겨진 것은 분노가 담긴 여왕의 외침뿐이었다.

며칠 동안 올리비아는 정신이 없었다.

피시스 왕국으로 오면서 받은 것만큼 큰 충격을 받고 있었기 때문이다.

그중 하나가 바로 세란이었다.

시녀이면서도 여왕과 왕자를 도와 국정을 책임지는 세란은 근위기사는 물론 웬만한 귀족들조차 쉽게 대하지 못하는 존재였다.

올리비아가 보기에 피시스 왕국의 신분 격차는 대륙의 다른 나라와 별 차이가 없었다. 그런데도 권력의 중추에 그런 예외가 존재하고 있다니, 이해하기 어려운 일이었다.

하지만 그런 것과는 상관없이 올리비아는 순수한 마음으로 세란을 대했다.

"정리 좀 하고 있어."

"예, 언니."

루델 왕자의 집무실에 혼자 남겨진 올리비아는 마땅히 할 일이 떠오르지 않았다. 세란이 꼼꼼한 편이라 집무실이 항상 깨끗하게 정리되어 있었던 것이다.

그래도 무언가 할 일이 있지 않을까 하는 생각에 올리비아는 집무실을 둘러보기 시작했다.

왕자와 세란의 책상만이 자리 잡은 아담한 집무실. 세란의 책상을 부러움 섞인 눈으로 바라보던 올리비아는 쓰린 마음을 감추며 왕자의 책상을 바라보았다.

"휴우."

그리고 자신도 모르게 한숨을 내쉬었다.

며칠 동안 올리비아는 단 한 번도 왕자를 만나지 못했다.

일부러 만나지 않는 것인지, 아니면 바빠서 시간이 나지 않는 것인지 그녀로선 알 길이 없었다.

참기 힘든 궁금함에 세란에게 묻고 싶기도 했지만, 아직까지 그럴 만한 용기는 나지 않았다.

"이럴 거면 차라리 가둬두시지."

남몰래 투정을 부려보며 그녀는 아쉬운 마음을 달랬다.

처음 계획을 세웠을 때, 올리비아는 어딘가에 갇혀 지낼 거라 생각했다. 볼모로 끌려온 왕족은 대부분 그런 대우를 받았으니까.

그러나 왕자는 자신을 하녀로 삼고 곁에 머물게 했다.

도대체 이유가 무엇일까?

"마음이 있어서?"

올리비아는 서글픈 얼굴로 고개를 저었다. 그럴 리가 없었다. 그것은 어디까지나 자기 혼자만의 환상이자 소망이었을 뿐이다.

"괴롭히고 싶어서?"

역시 고개를 저었다. 며칠 동안 얼굴 한 번 마주치지 못하는데 그것이 과연 무슨 의미가 있을까.

"괴롭히더라도 바라봐 주시기만 한다면……."

자신도 모르게 중얼거린 말에 올리비아는 한숨을 내쉬었다. 루델 왕자의 마음은 이미 확인한 후였다. 그런데도 미련이 남아 있다니. 정말 바보 같은 일이었다.

그러나 그런 마음을 비웃기라도 하듯 올리비아의 눈은 다시 왕자의 책상을 향했다.

"응?"

그제야 올리비아는 책상 위에 어지럽게 널려 있는 문서를 볼 수 있었다.

왕자의 책상은 언제나 깔끔하게 정리되어 있었다. 세란의 책상이야 정리하는 모습을 몇 번 보았지만, 왕자의 책상은 세란이 정리하지 않아도 항상 깔끔했다.

그래서 올리비아는 왕자가 의외로 꼼꼼한 성격이 아닐까 생각했었다. 언제나 문서로 지저분했던 자신의 책상과는 전혀 달랐기 때문이었다.

"항상은 아니신가 보네."

그렇게 완벽한 사람이 아니라는 생각에 그녀는 살풋이 미소 지었다. 어쩐지 왕자가 조금은 가까워진 기분이었다.

"다행이야."

올리비아는 아무래도 좋다고 생각했다. 마침 할 일이 생겼으니까. 그리고 그것이 왕자를 위한 일이라는 생각에 그녀는 자신도 모르게 미소 지었다.

분명 동기는 순수했다.

"어떡하지?"

그러나 그 순수가 낳은 것은 불안이었다.

　책상 위에 어지럽게 널린 문서를 정리하는 일은 간단했다. 문제는 문서를 정리하다 보니 자신도 모르게 내용을 훑어보게 되었다는 것이다.

　쉽게 넘겨 버릴 수도 있는 일이었다, 제목에 자신의 이름이 들어가 있지만 않았다면.

　"안 돼."

　문서를 내려다보던 올리비아는 고개를 저었다.

　그럴 마음으로 시작한 일이 아니었다. 순수하게 왕자의 책상을 정리하려 했을 뿐이었다. 그러나 그녀의 눈은 다시 문서로 향했다.

　"이러면 안 되는데."

　자신을 믿는 세란을 저버리는 일이라며 스스로를 다그쳤지만 호기심은 멈추지 않았다.

　"조금이라면."

　결국 올리비아는 유혹에 마음을 맡겼다.

　"걸려들었군."

　미크론은 미소 지으며 세란을 돌아보았다. 그러나 세란의 얼굴은 잔뜩 굳어 있었다.

　계획대로 그녀는 올리비아 공주를 혼자 두고 미크론의 집무실에 와 있었다. 그의 집무실은 왕자의 집무실이 훤히 보이는 곳에 위치하고 있었던 것이다.

"그렇게 화낼 것 없잖아?"

미크론은 빙긋 웃었다.

"저런 유혹을 이겨낼 수 있는 사람은 흔치 않아."

세란은 대답하지 않았다. 묵묵히 올리비아 공주를 내려다볼 뿐. 미크론은 그런 그녀를 이해할 수 있었다. 그녀가 올리비아 공주를 어떻게 대해왔는지 잘 알고 있었던 것이다.

"어쨌든 전하의 생각대로 되어가는군."

"아직은 아니에요."

세란은 고개를 저었다.

"그래?"

"조금 더 두고 봐야죠."

세란은 가라앉은 눈동자로 올리비아 공주의 움직임을 쫓았다. 한동안 그런 그녀를 말없이 쳐다보던 미크론은 조용히 한숨을 내쉬었다.

"닮아가는구나."

"네?"

미크론은 의문이 담긴 세란의 눈을 마주 보며 대답했다.

"너 말이야. 갈수록 전하를 닮아간다고."

"그럴 리가요."

세란은 고개를 세차게 저으며 얼굴을 붉혔다.

"그럴 리가 없어요."

"변화는 스스로 깨닫지 못하는 법이지."

미크론은 다시 한 번 부정하는 세란에게 말했다.

"처음에는 웬 하찮은 시녀가 폐하의 집무실에 있나 했었는데, 전하의 안목이 틀리지 않았던 거야."

"무슨 말씀이신지 모르겠네요."

세란의 퉁명스러운 대답에 미크론은 한숨을 내쉬었다. 그녀는 결코 자신과 왕자를 동일 선상에 놓으려 하지 않았다. 물론 그는 그 이유를 잘 알고 있었다.

'본인은 부정하겠지만.'

안타까운 일이었다. 전하지 못하는 마음이라니.

"가끔 생각해요."

올리비아 공주를 내려다보며 세란이 말했다.

"우리는 왕자님께 어떤 존재일까요?"

"글쎄. 굳이 말한다면 소중한 사람들이려나?"

"소중한 사람……."

"그렇지 않다면 목숨 걸고 살려주지는 않았겠지."

미크론은 대평원에서의 일을 떠올렸다. 절망적인 상황에서 왕자는 자신과 키트리네를 전송시키고 홀로 남았었다. 그것은 결코 쉽게 할 수 있는 일이 아니었다.

"그럴까요?"

"너는 어떻게 생각하는데?"

세란은 고개를 숙였다.

"그런 생각을 해요."

"어떤?"

"모두 인형이 아닐까 하는."

예상치 못한 대답에 미크론은 세란을 돌아보았다.

"무슨 소리야?"

"실에 매달려서 왕자님의 손을 따라 움직여야만 하는 불쌍한 인형들."

미크론은 할 말을 잃었다. 예전의 자신이라면 모를까, 설마 세란이 그런 말을 할 줄은 생각지도 못했기 때문이었다. 꿈이라도 꾸고 있는 것일까?

"올리비아도 마찬가지예요. 무얼 선택한다 해도 결코 왕자님의 손을 벗어나지 못할 거예요."

미크론은 부정하지 못했다.

"그래서, 미워하지 못하겠어요."

세란은 몸을 돌렸다.

"물론, 저는 인형이라 해도 상관없어요."

"세란⋯⋯."

그녀의 미소에 미크론은 안도했다. 자신이 아는 세란은 역시 그런 사람이었던 것이다.

"그저 제일 앞에 있고 싶을 뿐이에요."

세란은 올리비아 공주를 노려보았다.

"양보하긴 싫거든요."

여느 시녀와 다를 바 없는 공손한 인사를 건네고 세란은 집무실을 나갔다.

"후후."

한참 동안 닫힌 문을 쳐다보며 미크론은 자신도 모르게 미소 지었다.

"그렇겠지. 하지만 세란, 노리는 건 너만이 아니야."

커튼을 다시 치며 미크론은 마지막으로 올리비아 공주를 내려다보았다.

"더 늘어날지도 모르고."

"말도 안 돼."

손에 들린 문서가 책상 위로 떨어져 내렸다.

"유모가 케리얼이라니……."

올리비아는 유모에 대한 기억을 더듬었다.

유모인 레일리아는 개런드 백작가의 사람이었다. 후실의 딸이라는 이유로 대접받지 못하고 지내다가 왕비가 죽는 바람에 백작의 추천으로 유모가 된 것이다.

"개런드 백작가가 아니라고?"

올리비아는 다시 문서를 집어 들었다. 몇 번이나 확인했지만 보고서에 기록되어 있는 이름은 케리얼이었다.

그녀는 케리얼이라는 이름을 잘 알고 있었다. 반역을 일으킨 귀족들의 수장. 태어나기 전에 일어난 일이었지만 올리비아는 확실히 기억하고 있었다.

포트란 왕국 역사에 두 번뿐인 반역이었기 때문이다.

"유모가 거짓말을 했다니……."

믿을 수 없는 일이었다.

"뭐 해?"

갑자기 들려온 목소리에 깜짝 놀라 고개를 돌린 올리비아는 루델을 보았다. 순간적으로 당황했지만 그녀는 자신의 처지를 잊지 않았다.

"안녕하세요, 주인님."

"간만이야. 청소 중이었나?"

올리비아는 가슴을 졸이며 머뭇거렸다.

자신이 문서를 훔쳐보는 것을 루델이 보지 못했을 리가 없었다. 그런데도 혼을 내지 않고 태연히 모른 척하다니, 올리비아는 그 이유를 짐작하지 못했다.

그녀가 대답없이 고개만 숙이고 있자 루델이 다가왔다.

"그래, 내용은 맘에 들어?"

"예?"

뜬금없는 질문에 올리비아는 잠시 잊고 있었던 유모에 대한 보고서를 떠올렸다.

"설마……."

"설마?"

모르겠다는 듯한 루델의 태도에 올리비아가 소리쳤다.

"일부러 보게 했군요!"

“무슨 말인지 모르겠군.”

“우롱하지 마세요! 저는 속지 않아요!”

참지 못한 올리비아가 외치자 루델의 표정이 싸늘하게 가라앉았다.

“착각하지 마.”

“네?”

“왜 내가 그런 수고를 해야 하지?”

루델의 비웃음과 함께 보이지 않는 힘이 올리비아를 짓눌렀다. 대항할 수 없는 압도적인 힘. 무력하게 무릎을 꿇으면서도 그녀는 그를 노려보았다.

“그럼 어째서!”

“호기심. 그 이상도 이하도 아니야.”

짙어지는 미소와 함께 짓누르는 힘이 강해졌다. 결국 올리비아는 바닥에 쓰러지고 말았다.

“하악.”

온몸이 으스러질 정도로 강하게 짓누르는 힘에 올리비아는 숨이 막혔다. 그러나 그런 와중에도 그녀는 루델을 노려보길 멈추지 않았다.

“겨우, 그런 이유로!”

“겨우? 아직도 자신의 처지를 모르는군.”

얼굴 가득 비웃음을 머금으며 그가 다가왔다.

“착각도 그 정도면 병이야.”

“……..”

“너는 노리개일 뿐, 그 이상의 가치는 없어.”

올리비아의 턱을 거칠게 움켜쥐며 루델이 비웃었다.

“적어도, 내게는.”

“그런!”

“문서 따위 얼마든지 봐도 좋아. 세상 돌아가는 일도 알아야 할 테니까. 하지만 반항은 용서치 않는다.”

얼굴을 들이대며 그는 거만하게 물었다.

“알겠나?”

올리비아는 대답하지 않았다. 그저 분노를 담은 눈으로 루델을 노려볼 뿐.

“왜 대답이 없지?”

루델의 눈매가 일그러지면서 올리비아를 짓누르는 힘이 강해졌다.

“하윽!”

몸이 으스러질 듯한 고통에 올리비아는 자신도 모르게 신음을 흘렸다.

“이런, 공주님 꼴이 말이 아니시군.”

음흉한 비웃음에 올리비아는 얼굴을 붉혔다. 고개를 돌려 몰려드는 부끄러움을 피하고 싶었지만 턱을 움켜잡은 그의 손은 용서가 없었다.

“그래서, 대답은?”

루델이 더욱 얼굴을 들이밀며 대답을 재촉했다.

"저는……."

올리비아는 주저하며 루델을 노려보았다.

내뿜는 숨의 흐름조차 느껴질 정도로 가까운 거리. 시야를 가득 메운 루델의 얼굴은 마치 세상 전부가 그로 채워져 있는 것 같은 착각을 일으켰다.

순간 올리비아는 루델의 눈동자에 비친 자신을 보았다. 무언가를 간절히 바라는 애처로운 모습. 그가 바라보는 자신은 그런 모습이었던 것일까?

'저기 있는 게 나라면…….'

갑자기 그런 생각이 들었다. 이미 짓눌린 몸의 고통은 잊혀진 뒤였다. 그저 말도 안 되는 욕망만이 머릿속을 휘저어놓을 뿐.

"싫어요!"

올리비아는 자신도 모르게 소리쳤다.

"반항하겠어요! 몇 번이고, 몇 번이고, 몇 번이고 반항하겠어요! 제 가치를 지키기 위해서!"

자신도 모르게 내뱉은 말에 올리비아는 마음속으로 비명을 질렀다.

"그래, 그래야 공주님이시지."

턱을 움켜쥔 손에 힘을 주며 루델은 그녀를 비웃었다.

"하지만, 과연 가능할까?"

"두고 보세요!"

내려다보는 루델의 눈빛은 차가웠다. 올리비아는 그런 그를 올려다보며 앙칼진 표정을 지으려 애썼다. 그러나 내려다보는 그의 얼굴에는 비틀린 미소만이 자리 잡았다.

"읍!"

"기대하지."

올리비아는 무슨 일이 일어났는지 알아차릴 수 없었다. 루델이 짧은 말을 남기고 집무실을 나간 뒤에야 정신을 차리고 소리를 질렀다.

"기다리세요!"

그러나 그녀의 목소리는 공허하게 허공을 울릴 뿐이었다.

"아아."

온몸을 짓누르던 힘이 풀리자 잊고 있었던 고통이 그녀를 유린했다. 그러나 올리비아에게는 그 고통을 감당할 여유가 없었다.

"흑."

억지로 빼앗긴 입술에 남아 있는 미묘한 여운. 수치스러운 일이었는데 마음속에는 부끄러운 기쁨이 자리 잡고 있었다.

"어째서!"

비참한 설움과 이해 못할 자신의 마음에 올리비아는 눈물을 흘렸다.

"나는……."

분열되는 몸과 마음에 괴로워하며 그녀는 힘없이 바닥에

몸을 맡겼다.

　"악취미."
　키트리네는 뚱한 얼굴로 루델을 노려보았다.
　"칭찬으로 듣지."
　"그렇게 재미있나?"
　"그럼! 바동거리는 인간을 괴롭히는 것만큼 각별한 재미를 주는 일도 없거든?"
　루델은 노려보는 키트리네에게 웃어주었다.
　"그보다 누님은 찾아봤어?"
　"예전처럼 마력이 반응하지 않는다."
　허공을 향해 손을 뻗으며 키트리네는 고개를 저었다.
　대평원에서의 싸움으로 그녀는 육체를 잃었다. 붕괴 직전에 이른 육체였으니 부서지는 것은 당연한 일이었다.
　다행히 여신 뮤의 배려로 요정의 몸을 얻긴 했지만, 그뿐이었다. 그녀는 더 이상 드래곤이라는 절대적인 존재가 아니었던 것이다.
　그저 평범한 요정족 소녀일 뿐.
　"무리하지 마라."
　머리를 쓰다듬어 주는 루델을 흘겨보며 키트리네는 뚱한 표정을 지었다.
　"무리는 그대가 하고 있다."

“그러냐?”

루델은 미소 지을 뿐이었다.

올리비아가 눈을 뜬 곳은 침대 위였다. 마지막 기억이 집무실 바닥이었기 때문에 어떻게 된 일인지 알 수 없었다.

“으음.”

알아보려 몸을 일으키려 했지만 남아 있는 고통이 그녀를 괴롭혔다.

“깼어?”

애쓰는 그녀의 귀에 세란의 목소리가 들려왔다.

“언니?”

“지금은 쉬렴.”

몸을 감싼 포근함에 올리비아는 눈을 감았다. 그러나 그녀는 무언가 이상한 느낌에 다시 눈을 뜨고 말았다.

고통을 참아가며 억지로 고개를 숙인 올리비아는 자신을 감싸 안은 팔을 볼 수 있었다. 달빛을 머금은 순백색 털로 뒤덮인 두 팔을.

자신을 감싸 안은 팔은 분명히 세란의 팔이어야 했다. 희고 여린…….

“언니, 팔이…….”

“가만, 가만히 있어.”

세란은 올리비아를 끌어당겼다.

"아직 다른 사람에게 보여준 적이 없거든."

그제야 올리비아는 세란이 수인이라는 사실을 떠올렸다.

수인은 동물에 가까운 모습으로 변할 수 있었다. 하지만 싸울 때처럼 큰 힘이 필요할 때만 변한다고 알고 있었기 때문에 올리비아는 의문을 품을 수밖에 없었다.

'어째서 지금?'

거기까지 생각하고 나서야 그녀는 등을 감싼 따스한 털을 알아차렸다.

봄이 끝나갈 무렵이었지만, 밤은 아직 쌀쌀했다. 세란은 걱정스러운 마음에 변신한 채로 자신을 껴안고 있었던 것이다.

'나를 위해서……'

자신도 모르게 눈물이 고였다.

"추워요."

"그래?"

고개를 갸웃거리며 세란은 이불을 끌어 올렸다.

"안아주세요."

올리비아가 칭얼대며 품 안으로 파고들자 세란은 자신도 모르게 얼굴을 붉혔다.

"왠지 따뜻해진 것 같은데요."

"기분 탓이야."

말을 더듬으면서도 세란은 끌어안은 팔을 풀지 않았다.

"죄송해요."

“뭘?”

“집무실에서…….”

“마찬가지야.”

올리비아의 말을 가로채며 세란은 고개를 저었다. 미크론이 말한 대로 그런 유혹을 이겨낼 수 있는 사람은 흔치 않았다.

“누구라도 너처럼 했을걸.”

“하지만.”

“왜 그렇게 미안해하는 거야? 원망스럽지도 않아?”

세란이 화를 냈지만 올리비아는 고개를 저었다.

“유모는 어땠을까요?”

“뭐?”

“이십 년 동안, 유모는 무슨 생각을 했을까요?”

“올리비아.”

“괴롭히고, 아니, 죽이고 싶었을 거예요. 저라면 분명히 그랬을 거라고요! 하지만 유모는 그러지 않았어요.”

결국 올리비아는 참고 있던 울음을 터뜨렸다.

“왜 원망하지 않은 거예요?”

“원망받을 사람은 네가 아니니까.”

세란이 해줄 수 있는 말은 그것뿐이었다.

“그래요. 그래서 제겐 원망할 자격조차 없어요.”

“무슨 소리야?”

어이없는 비약에 화를 냈지만 올리비아는 세란의 품을 파고들 뿐이었다.

"그러니까 너무 미워하지 말아주세요."

칭얼대는 그녀를 끌어안으며 세란은 한숨을 내쉬었다.

"어떻게 미워할 수 있겠니. 이렇게 사랑스러운 공주님을."

"한판 어때?"

"사양하겠습니다."

몸을 푸는 루델의 제안에 미크론은 고개를 저었다. 루델과의 대련은 그가 제일 꺼리는 일 중에 하나였다. 실력도 실력이지만 대련이라고 해서 봐주는 일이 없었기 때문이다.

"그래? 어쩔 수 없지. 테일러!"

밀키와 이야기하던 테일러는 한숨을 내쉬었다. 그 역시 루델과의 대련은 되도록이면 피하고 싶었던 것이다.

올리비아는 집무실에서 그런 루델을 내려다보고 있었다.

"이상하네요."

"뭐가?"

문서를 뒤적이던 세란은 그녀를 돌아보았다.

"주인님은 왜 검을 쓰지 않는 거죠?"

세란은 피식 웃으며 창가로 다가왔다. 창문 아래에선 루델과 테일러가 거친 대련을 벌이고 있었다.

"저 속을 누가 알겠어?"

격렬한 대련을 내려다보며 세란은 어깨를 으쓱였다. 그러나 싱거워하는 세란과는 달리 올리비아는 루델을 유심히 지켜보았다.

루델은 기사들이 사용하는 장검을 사용하지 않았다. 왼팔을 모두 가리는 육중한 건틀렛에 팔뚝 길이의 단검을 오른손에 들고 있을 뿐이었다.

왼팔의 건틀렛으로 상대의 공격을 잡아내고 오른손의 단검으로 역습을 가하는 전투 방식.

그것은 평생 기사들의 정형화된 검술만 보아온 올리비아가 보기에는 정말 신선하고 위험한 방식이었다.

결국 그녀의 생각대로 대련은 테일러의 정령 마법으로 끝을 맺었다.

"야, 인마. 갑자기 마법을 쓰는 경우가 어딨어!"

폭발에 밀려난 루델이 소리치자 널브러진 테일러를 끌어안으며 밀키가 대꾸했다.

"몰아세우시니까 그렇죠!"

눈물을 글썽이는 그녀의 항변에 루델은 멋쩍은 듯 머리를 긁적였다.

"아야야."

"좀 참으세요."

루델이 엄살을 부리자 세란이 핀잔을 주었다.

"자업자득."

"시끄러워, 할멈."

루델은 키트리네의 말에 얼굴을 찡그렸다. 한심한 눈으로 그런 루델을 쳐다보며 세란은 고개를 저었다.

"그러니까 적당히 하셔야죠. 왕자님 때문에 테일러 자작은 침대 신세라고요."

"덕분에 쉬고 좋네. 휴가 낸 셈치라고 해."

"자작부인에게 시달리는 저도 좀 생각해 주세요!"

"하하; 미안."

루델이 싱겁게 웃어버리자 세란은 입술을 삐죽 내밀었다.

"폐하께서도 자리를 비우셔서 바쁘단 말예요."

"어머니는 왜?"

"공작 각하와 함께 볼티아 요새에 가셨어요."

"그래?"

생각에 잠기는 루델을 쳐다보며 세란은 올리비아에게 손짓했다.

"하여간 나머지는 올리비아에게 부탁해 보세요."

"뭐?"

"하녀 하나 있는 거 묵혀서 어디 쓰시게요? 키네님도 같이 가실래요?"

세란이 갑자기 키트리네까지 데리고 나가자 루델은 삐딱한 시선으로 올리비아를 쳐다보았다. 당황한 올리비아는 어쩔 줄 모르고 머뭇거렸다.

"뭐 해?"

"네?"

"언제까지 그러고 있을 거야?"

"죄송합니다!"

퉁명스런 말에 올리비아는 급히 루델에게 다가갔다.

그러나 그녀는 아무것도 할 수 없었다. 며칠 동안 배운 일은 가벼운 청소와 문서 정리뿐이었다. 한 나라의 공주였던 그녀가 다른 사람의 상처를 돌볼 줄 알 리 없었다.

"아아, 잘나신 공주님이셨지?"

루델의 빈정거림에 올리비아는 고개를 숙였다.

"죄송합니다."

"됐어."

여전히 퉁명스럽게 대꾸하며 그는 솜을 집어 들었다.

"따라 해봐."

"예? 아… 예!"

올리비아는 조금 누그러진 루델의 태도에 밝은 표정으로 대답했다.

"길트 공작에게 보내는 편지는 같이 넣어두었다."

"예."

고개를 끄덕이며 레일리아는 하운드 공작이 내민 상자를

받았다.

“막상 보내려니 정말 아쉽구나.”

레일리아는 담담하게 미소 지었다. 공작의 마음을 모르는 것은 아니었다. 이십 년 만에 만났는데 다시 헤어져야 한다니, 아쉬운 마음이 드는 것은 당연한 일이었다.

“다음에는 꼭 올 거지?”

베르데 여왕 역시 아쉬움을 감추지 못했다.

“예, 다음에는.”

왠지 자신없는 대답에 여왕은 레일리아를 끌어안았다.

“약속이야.”

나이에 어울리지 않는 칭얼거림에 레일리아는 여왕의 머리를 쓰다듬을 뿐이었다.

“붙잡지 그러셨어요?”

요새를 벗어나는 수행원들을 내려다보며 여왕은 아쉬움을 감추지 못했다.

“저도 그러고 싶었습니다.”

공작은 고개를 떨구었다. 마음 같아서는 억지로라도 끌고 오고 싶었다. 그러나 그런 마음만큼 레일리아를 도와주고 싶은 마음이 앞섰다.

“힘들 겁니다.”

여왕은 고개를 끄덕였다.

유단 왕국과 포트란 북부의 전쟁은 단순한 국지전이었다. 그러나 레일리아의 등장으로 전쟁은 유단 왕국, 포트란 북부, 그리고 남부의 삼파전으로 변할 것이 분명했다.

피시스 왕국으로선 상관없는 일이었다.

유단 왕국의 일방적인 승리로 끝날 전쟁이 레일리아 때문에 복잡한 삼파전이 된다면 유단 왕국에게 어느 정도 피해를 입힐 수 있기 때문이었다.

루델 왕자가 공작의 부탁을 쉽게 받아들인 배경에는 그런 계산이 있었다. 여왕과 공작 역시 그걸 모르는 것은 아니었지만 내색하지 않았다.

"그렇네요."

공작에게 기대며 여왕은 오래된 기억을 떠올렸다.

"아버지는 안 그래요?"

"언젠가 함께할 수 있을 날이 올 겁니다."

여왕은 엉뚱한 대답을 하는 공작을 뚱한 표정으로 올려다보았다.

"바보. 이러니 언니가 그냥 가버리죠."

원망하는 여왕의 머리에 손을 얹으며 공작은 힘없이 미소지었다.

"그래, 벨. 네 말이 맞구나."

부녀는 그렇게 멀어져 가는 인연을 바라보고 있었다.

Chapter 2
흘러간 시간의 유산

REGIS

"또 딸이야?"

류델의 말에 미크론은 뚱한 표정을 지었다.

"이제 겨우 둘째입니다만."

"어쨌든 또 딸이잖아."

"예. 또 딸입니다."

미크론은 결국 한숨을 내쉬었다.

"벌써 둘째라니 공작도 재주가 좋군요."

"폐하!"

여왕마저 자신을 놀리자 미크론은 처량한 표정을 지었다.

"놀리는 게 아니에요, 공작. 혼자는 정말 외롭다구요."

"그래서 우린 둘만 낳으신 거예요?"

"시간이 없었어!"

루델의 말에 여왕은 핏대를 세웠다.

"네 아버지가 얼마나 빼셨는지 아니? 정말 남자가 돼서 말이야. 하마터면 레이아도 세상 구경 못할 뻔했다니까."

"아마 그러셔야 했을 겁니다."

묵묵히 건빵을 우물거리던 하운드 공작이 지나가듯 말을 던졌다.

"뭐예요?"

"전하, 조금 텁텁하지 않습니까?"

여왕이 도끼눈을 떴지만 공작은 능숙하게 말을 돌리며 루델을 쳐다보았다. 씩씩대는 여왕을 힐끗 쳐다보며 루델은 고개를 저었다.

"아직 완성된 건 아니니까요. 모양도 그렇고."

루델이 울퉁불퉁한 건빵을 한심한 시선으로 쳐다보자 뒤에 서 있던 올리비아가 살며시 고개를 숙였다.

"그래도 이렇게 밀이 남아돌게 될 줄은 몰랐습니다."

수확량에 대한 보고서를 훑어보며 미크론이 미소 지었다.

"그렇다고 이렇게 과자나 만드는 데 쓰는 건 조금 심한 거 아니니?"

여왕의 말에 루델은 어깨를 으쓱였다.

"뭐 어때요. 그보다 세란, 다음에는 소금을 좀 치면 어떨까?"

“예?”

“조금 짠 게 안 물리고 좋거든. 게다가 병사들에게 지급할 거니까 소금기가 조금 있는 것도 좋고.”

세란은 고개를 저었다.

“소금은 비싼 데다 전량 수입에 의존하고 있는걸요. 이런 데 쓰기엔 좀 아깝다고요.”

그녀의 대답에 모두 고개를 끄덕였다. 올리비아마저 고개를 끄덕이자 루델은 떨떠름한 표정으로 되물었다.

“전부 수입한다고? 해안까지 확보했는데 뭐 하러?”

“항구 말고는 해안에 거주하는 사람들이 없는걸요.”

“천일제염에 경험이 있는 자들을 구하는 것도 쉽지 않습니다.”

세란의 대답에 미크론이 덧붙였다.

“만들면 되잖아?”

벽에 걸린 지도를 노려보며 루델이 말했다.

“예정지는 남서쪽 해안이 좋을 것 같은데.”

“그쪽에는 인어가 살고 있어서 곤란합니다.”

“인어라고?”

미크론은 평소와는 다르게 지대한 관심을 보이는 루델을 쳐다보며 고개를 끄덕였다.

“예.”

"이번에는 참아주렴."

잠자코 있던 여왕이 그를 말렸다.

"왜요?"

루델이 이해하지 못하겠다는 듯이 고개를 기울이자 세란이 한숨을 내쉬었다.

오랫동안 바다를 떠돌던 인어는 다른 종족과의 교류가 거의 없었다. 백여 년 전에 남서쪽 해안에 정착한 뒤에야 다른 종족과 교류가 시작되었을 정도였다.

인어는 결속력이 대단한 종족이었다. 바다에 살고 있는 엄청난 괴물들을 상대해야 했으니 힘을 모을 수밖에 없었던 것이다.

그러나 단결력만으로 육체적인 열세를 극복할 수는 없었다. 때문에 인어의 사망률은 굉장히 높았다.

"요즘에는 좀 괜찮아진 것 같지만요."

세란의 설명에 루델이 고개를 갸웃거렸다.

"그런데 왜 갑자기 정착한 거야?"

"모르죠. 그걸 알 만큼 교류가 많은 건 아니니까요."

"흐음."

다시 생각에 잠기는 그를 물끄러미 쳐다보던 세란이 말을 이었다.

"문제는 사망률은 높은데 남자가 없다는 거예요."

"뭐?"

인어에게 남자는 귀한 존재였다. 두 번 중 한 번은 쌍둥이가 태어나는 종족이었만 이상하게 남자는 잘 태어나지 않았던 것이다.

"게다가 수명도 여자들의 반이 안 되거든요."

"밤이 무섭겠네. 왠지 불쌍한데?"

"그렇죠?"

아무렇지도 않게 이야기를 나누는 둘을 쳐다보며 올리비아는 얼굴을 붉혔다.

"그런데 그게 무슨 상관이야?"

싱거운 반응에 여왕이 눈매를 좁혔다.

"왕족은 몸가짐을 단정히 해야지."

"맞아요. 벌써 넷이나 되시잖아요."

세란이 여왕의 말을 거들고 나섰다.

"넷? 어째서?"

"보세요. 세크레타 공주님, 키네님, 리디아 대장로, 그리고 올리비아까지."

거침없는 세란의 말에 올리비아는 더욱 고개를 숙였다.

"세란은?"

미크론이 눈치없이 묻자 세란은 핏대를 세웠다.

"뭐예요?!"

"아, 아니야. 하여간 전하께서 직접 가시는 건 자제하시는 게 좋을 겁니다."

세란의 도끼눈을 피하며 미크론이 루델에게 말했다.

"그럼 미크론이 다녀올 거야?"

"예? 저는 이미 아내가 있습니다만."

"이참에 아들 하나 얻어보는 것도 좋잖아?"

"절대로 안 됩니다!"

평소와는 달리 격렬히 반대하는 미크론을 물끄러미 쳐다보며 루델은 곤란한 표정을 지었다.

"그럼 테일러를 보낼까?"

"자작부인 죽는 거 보고 싶으세요?"

세란이 퉁명스레 말했다.

"테일러도 딸만 둘이니 괜찮은데……."

"아버지!"

루델을 거들던 하운드 공작은 여왕의 눈초리에 입을 다물었다.

"그냥 왕자님이 가시는 게 어때요?"

"내가?"

"그렇게 자신만만하시니 다녀와 보세요."

뚱한 얼굴로 빈정대는 세란에게 루델이 물었다.

"질투해?"

"누가요!"

피식 웃으며 고개를 돌린 루델은 지도를 돌아보았다.

"어쨌든 들러보자고."

그러나 며칠 후, 루델은 북부 드워프 자치구로 향하는 기차에 몸을 실어야만 했다.

원래 계획은 소금 교역에 대한 협상을 위해 인어를 만나러 가는 것이었지만, 갑자기 찾아온 셉템 족장 때문에 일정을 바꿀 수밖에 없었다.

"2시대 유적?"

셉템 족장은 유적을 발견했다는 소식을 가져왔다.

"그렇답니다."

미크론이 아쉬운 표정으로 고개를 끄덕였다.

유적은 1시대와 2시대로 나눌 수 있었다.

1시대는 팔천 년 전에 멸망했다고 전해지는 마법 문명이었다. 그래서 귀한 마법 물품이나 실전된 마법에 대한 자료가 발견되기도 했다.

그러나 1시대 유적은 그 수가 굉장히 드물었다.

2시대는 정확히 알려진 것이 없었다. 시기만 해도 만 년에서 이만 년 사이라는 주장과 그보다 훨씬 전이라는 주장이 엇갈리고 있었다.

하지만 단 한 가지, 마법이 존재하지 않았던 시대라는 것만큼은 확실한 사실로 받아들여지고 있었다.

아이러니하게도 대륙에서 발견되는 유적은 대부분 2시대 유적이었다. 시기상으로 1시대가 훨씬 더 가까운데도 발견되는 유적은 오히려 적었던 것이다.

"이번에도 녹슨 쇳조각들만 나올 겁니다."

미크론은 그렇게 장담했다.

유심히 유적 내부를 둘러보는 루델과는 달리 미크론은 따분한 얼굴로 하품을 하고 있었다.

그가 장담했던 것처럼 유적은 다른 2시대 유적들과 다를 게 없었다. 십자로 나열된 정사각형의 석실들, 그리고 그 중심에 자리 잡은 큰 석실.

「방공호잖아?」

가운데 석실에 들어섰을 때 루델이 중얼거렸다.

"네?"

"왠지 음침하지 않아?"

미크론의 물음에 그렇게 되물으며 루델은 내부를 살폈다.

"무덤이니 그런 것 아니겠습니까?"

"하하, 그 말이 맞아. 시간의 무덤이지."

싱거운 미소를 지으며 루델은 셉템 족장에게 물었다.

"뭐 발견한 거라도 있나?"

"다른 유적과 마찬가지로 쓸 만한 유물은 없습니다."

셉템 족장의 대답에 그는 고개를 끄덕였다.

"그럼 모두 내보내. 시간 낭비할 필요는 없으니까."

"예!"

그렇게 모두를 몰아내고 둘만 남자 루델은 벽 한쪽에 쌓인 쇳조각을 집어 들었다.

"고대의 유물이라."

손에 들린 쇳조각은 새까맣게 녹이 슬어 원래 모양을 알아 볼 수 없었다.

"훗."

쓴웃음을 지으며 루델은 유물을 구부렸다. 썩은 나무처럼 푸석푸석한 소리를 내며 부서지는 유물.

"유구한 시간은 신조차 타락시킨다고 했던가."

미크론은 루델을 쳐다보았다. 처음 유적에 대한 이야기를 들었을 때부터 그의 반응이 어쩐지 이상했다.

"어떻게 생각해?"

"예?"

"여기 있는 무기들 말이야. 멀쩡했다면 제대로 쓸 수 있었 을까?"

뜬금없는 질문이었지만 대답은 어렵지 않았다.

"사용법을 모르면 제대로 쓸 수 없지 않겠습니까?"

"맞아. 멀쩡하다고 해도 사용법을 모르면 제대로 써먹기 힘들지."

고개를 끄덕이며 루델은 몸을 돌렸다.

"시간만 버렸군. 돌아가자."

짜증을 내며 앞장서는 루델을 따르던 미크론은 문득 든 생각에 걸음을 멈추었다.

'무기라고?'

루델은 분명 그렇게 말했다.

"뭐 해?"

"아, 아닙니다."

고개를 갸웃거리며 미크론은 걸음을 옮겼다.

길트 공작은 올리비아 공주의 수행원들을 노려보았다. 공주만 내버려 두고 돌아온 그들이 괘씸했던 것이다.

"그래서 그냥 돌아왔단 말이냐?"

"면목없습니다."

고개를 조아리는 기사를 노려보며 공작은 되물었다.

"전하께선 아무 말도 남기지 않으셨느냐?"

"예."

레일리아는 수행원들의 한쪽에서 고개를 숙인 채 기회를 엿보고 있었다.

"꼴도 보기 싫다!"

공작이 왕궁 안으로 사라지자 수행원들은 뿔뿔이 흩어졌다. 레일리아는 혼란을 틈타 그 뒤를 따랐다.

"이놈도 저놈도!"

짜증을 내며 의자에 주저앉은 길트 공작은 누군가의 기척에 고개를 돌렸다. 집무실 안으로 들어서는 여인. 공작은 그녀가 올리비아 공주의 유모라는 사실을 알아차렸다.

"무슨 일이냐?"

여전히 화가 풀리지 않은 공작의 퉁명스런 질문에 그녀는 부드러운 미소를 지었다.

"진정하시지요, 전하. 그렇게 흥분하셔서야 어디 제대로 말이나 꺼낼 수 있겠습니까?"

"뭣이!"

건방진 말에 공작이 눈살을 찌푸렸다.

"버릇이 없구나!"

그녀를 노려보며 화를 내던 공작은 문득 든 생각에 고개를 기울였다.

"잠깐, 너는 왜 전하 곁에 남지 않은 거지?"

레일리아는 대답 대신 부드러운 미소를 지었다. 그리고 품에서 조그만 상자를 꺼냈다.

"할 일이 있기 때문이지요."

길트 공작은 상자를 바라보다 레일리아를 노려보았다.

올리비아 공주가 볼모로 남으리라는 것은 이미 예상하고 있었다. 공주가 피시스 왕국으로 떠나기 전에 스스로 그렇게 될 것이라고 말했으니까.

또한, 올리비아 공주는 자신의 계획대로 일이 진행될 경우에 공작이 해야 할 일을 꼼꼼하게 지시하고 피시스 왕국으로 넘어갔다.

그리고 피스시 왕국은 올리비아 공주를 볼모로 잡았다. 아직까지는 공주의 계획대로였던 것이다. 그래서 길트 공작은 레일리아를 의심했다.

일이 잘 풀리고 있는데, 공주가 자신에게 또 다른 메시지를 보낼 이유가 없다고 생각한 것이다.

"전하께서 보내신 것은 아닌 모양이군."

길트 공작의 날카로운 시선에도 레일리아는 미소를 거두지 않았다.

"글쎄요. 어떨까요?"

몸을 살짝 돌리며 눈웃음을 치는 레일리아의 행동에 공작은 눈매를 좁혔다. 분명 기억에 있는 모습이었다. 정확히 언제였는지, 어디서였는지 기억이 나지는 않았지만…….

"……."

결국 공작은 고개를 갸웃거리며 책상 위에 놓인 상자를 조심스럽게 집어 들었다.

상자 안에는 모두 네 장의 편지가 들어 있었다.

세 장은 베르데 여왕과 루델 왕자, 그리고 올리비아 공주가 보낸 편지였고, 나머지 한 장은 올리비아 공주가 레일리아에게 보낸 편지였다.

"편지로군."

네 장의 편지를 천천히 살펴보던 공작은 '유모에게' 라고 적혀 있는 편지를 레일리아에게 내밀었다.

"이건 전하께서 네게 보내신 거로군."

길트 공작은 편지를 조심스럽게 내밀었다. 하찮은 시녀에게 예의를 차릴 필요는 없었지만, 올리비아 공주의 편지였기에 함부로 할 수 없었던 것이다.

내밀어진 편지를 조심스럽게 품으로 갈무리하는 레일리아에게 공작이 말했다.

"뭘 하고 있는 게냐? 그만 가보지 않고."

그러나 레일리아는 움직이지 않았다.

"편지 말고는 관심이 없으신가 보군요?"

결국 화를 참지 못한 공작은 주먹으로 책상을 내려치며 으름장을 놓았다.

"감히 나를 우롱할 셈이냐?"

"화를 내실 상황이 아닐 텐데요?"

레일리아의 말에 공작은 마음을 가라앉혔다. 아무리 공주의 유모라지만 너무나 당당한 태도에 공작은 손에 들린 세 장의 편지를 바라보았다.

결국 공작은 올리비아 공주의 편지를 뜯었다. 레일리아의 태도와 세 통의 편지 사이에 무언가 연결 고리가 있다는 생각이 들었기 때문이었다.

"이럴 수가!"

편지를 모두 읽은 공작은 허탈한 마음을 감추지 못했다.

"이게 정녕 사실이란 말이더냐?"

"안 믿으면 어쩔 건데요."

레일리아의 빈정거림에 공작은 분을 삼켰다. 화를 내야 했지만 그럴 수 없었다.

"레일리아 케리얼. 레아……."

공작은 허탈한 마음을 달랠 길이 없었다. 그제야 레일리아의 행동이 눈에 익은 이유를 알아차렸던 것이다.

"이십 년 넘게 궁에 있었는데, 이제야 알아보다니. 오라버니도 참 둔하군요."

레일리아의 얼굴에 비웃음이 자리 잡자 공작은 힘없이 고개를 숙였다.

"아무리 전하의 유모라지만, 누가 그 이름 따위를 신경 쓰겠느냐? 그리고 마지막으로 만난 게 네가 열세 살 때였다. 알아보지 못하는 건 당연한 일이지."

"그러시겠지요."

레일리아의 비아냥에 공작은 침묵할 수밖에 없었다.

그녀의 가문이 숙청당할 당시 길트 공작은 어떻게든 막아보려고 노력했었다. 그러나 오히려 반역자로 몰릴 뿐, 할 수 있는 일은 아무것도 없었다.

다행히 명문 공작가의 장자였기에 반역자로 몰리는 일은 피할 수 있었지만, 숙청을 막지 못했다는 자책감은 한동안 그를 따라다녔다.

"복수를 위해 이십 년을 숨죽이고 기다렸다니……."

공작은 힘없이 어깨를 들썩였다.

"결국 전하께서는 너와 피시스 왕국에게 놀아나신 꼴이로구나. 이것이 너의 복수인 게냐?"

레일리아는 고개를 저었다.

"무슨 말이에요. 복수는 아직 시작도 안 했는데."

길트 공작은 말없이 그녀를 쳐다보았다.

"그렇구나."

한참 동안 그녀를 쳐다보던 공작은 책상 서랍에서 수수한 단검을 꺼냈다.

"아버지는 세상을 떠나신 지 오래다."

단검의 손잡이를 내밀며 공작은 미소 지었다. 숙청을 주도한 자들 중에는 자신의 아버지도 끼어 있었던 것이다. 그러나 레일리아는 고개를 저었다.

"오라버니 차례는 아직 멀었어요."

전선이 교착되자 게펠 왕자는 고민할 수밖에 없었다. 피해를 감수하고 그대로 밀고 내려갈 것인지 아니면 조금 더 상황을 지켜볼 것인지.

"2시대 유적?"

전황을 저울질하던 칼스는 의심스러운 눈초리로 멜리아를 쳐다보았다.

"2시대 유물 중에 쓸 만한 것이 있던가?"

멜리아가 건넨 문서를 살펴보며 칼스는 부정적인 생각을 전했다.

"1시대 마법사들이 보존 마법을 걸어놓은 곳이에요."

"보존 마법?"

"예. 그래서 상태가 좋은 것들도 남아 있지요."

칼스의 의문이 깊어졌다.

2시대 유적은 흔했지만 실제로 사용할 수 있는 유물은 거의 발굴되지 않았다. 무엇보다 1시대와는 달리 발굴된 유물을 사용하는 방법조차 알려진 게 없었다.

"써먹을 수 있겠나?"

"저를 너무 얕보지 마세요."

자신만만한 대답에 칼스는 눈썹을 찡그렸다.

"전하께 말은 해보겠다."

"좋은 소식을 기대하지요."

"유적? 좋지!"

칼스가 전한 소식에 게펠 왕자는 기쁨을 감추지 않았다. 단순한 반응에 한숨을 내쉬었지만 칼스는 멜리아의 정보대로 유적을 발굴하기로 결정했다.

"어차피 우리 목적은 같잖아요? 그러니 칼스님이 알아낸 걸로 해요."

멜리아가 여전히 의심스러웠지만 칼스는 그 말을 따르기로 했다.

"2시대라."

"하룻밤 만에 멸망한 1시대와는 달리 알려진 게 없죠."

"푸른 마녀였나?"

"예."

멜리아는 고개를 끄덕였다.

찬란한 마법 문명을 꽃피우던 1시대는 푸른 마녀에게 하룻밤 만에 멸망당했다. 학자들 사이에서는 의견이 분분했지만, 그녀에 대한 기록은 자세히 남아 있지 않았다.

"그래도 그런 것치고는 많은 걸 알고 있군."

멜리아는 미소 지었다.

"제가 알아낸 것은 저 검은 상자 안에 들어 있는 유물의 사용법뿐이에요. 나머지는 알아내지 못했는걸요."

"그럼 나머지는 어떻게 할 거지?"

"일단 그대로 두는 것이 좋을 것 같네요. 여기엔 보존 마법도 걸려 있으니, 감시만 잘하면 별일없을 거에요."

그다지 내키지 않았지만 칼스는 고개를 끄덕였다.

"그럼 그 유물은 언제쯤 써먹을 수 있나?"

"지금 당장이라도요."

칼스의 질문에 대답하며 멜리아는 고개를 저었다.

"하지만, 비장의 수는 품고 있는 것이 더 좋지요."

미소 짓는 멜리아를 흘겨보며 칼스는 몸을 돌렸다.
“그것도 그렇군.”

유물을 빼낸 칼스는 유적을 봉인했다.
그러나 어둠만이 가득해야 할 유적 안은 여전히 밝았다. 아무도 존재하지 않는 고요한 공간에 갑자기 빛이 모여들었던 것이다.
눈부신 빛이 잦아들자 한 소녀가 모습을 드러냈다. 발끝까지 내려오는 풍성한 녹색 머리카락. 눈동자조차 구분할 수 없을 정도로 맑은 회색 눈동자.
바로 세크레타였다.
“결국 문을 열었군.”
유적을 돌아보던 그녀는 고개를 저었다.
“어리석게도.”
『멈추어진 시간은 원래의 흐름대로.』
세크레타의 중얼거림에 멀쩡하던 유물들이 서서히 녹슬기 시작했다. 형체도 알아볼 수 없을 정도로 까맣게 녹슬자 그녀의 몸이 은은한 빛을 머금었다.
“웬만하면 개입하고 싶지 않았는데.”
아쉬움을 남기며 그녀는 빛과 함께 모습을 감추었다.

수도에서 루델을 기다리고 있던 이는 회색 오크의 대족장인 툼바였다.

"……."

고민을 안고 기다리던 그는 뚱한 표정으로 자신을 쳐다보는 루델을 이해할 수 없었다. 물론 그 이유를 알고 있는 미크론은 고개를 저었지만.

"무슨 일로 찾아왔지?"

한참을 뚱하니 앉아 있던 루델이 툼바에게 물었다.

"문제가 생겼다."

"문제?"

툼바는 굳은 얼굴로 이야기를 시작했다.

대평원에서의 전투가 끝난 지 반년이 지났지만 혼란은 아직 가라앉지 않았다.

베르데 여왕이 적극적으로 군대를 투입했지만 생존을 위한 투쟁에 적응되어 있던 여러 종족들은 그 습관을 쉽게 버리지 못했다.

그래도 루델은 나름대로 괜찮은 성과를 보이고 있다고 판단했다. 아직까지 이렇다 할 사건이 일어나지 않았기 때문이다.

사실 그런 안정된 분위기 뒤에는 툼바의 노력이 있었다. 분쟁이 생길 조짐이 보이면 적극적으로 중재하고 나섰던 것이다.

그러나 그런 노력도 서서히 한계를 보이고 있었다.

"따돌림당하고 있군."

"그렇다."

루델을 물끄러미 쳐다보며 툼바는 말을 이었다.

"문제는 더 있다."

"또? 하긴 이 동네는 항상 이 모양이었지."

루델이 빈정댔지만 툼바는 개의치 않았다. 그동안 그의 성
격을 여러 번 보아왔기 때문이다.

"그래, 문제가 뭐야?"

"대평원 중심에 잃어버린 대지가 생겼다."

"뭐라고?"

미크론이 벌떡 일어서며 소리쳤다.

"그게 정말인가?"

"그렇다."

루델은 흥분하는 미크론을 흘겨보며 고개를 기울였다.

"잃어버린 대지가 어쨌다는 거야?"

"아무래도 그쪽에 다녀오셔야 할 것 같습니다."

"그러니까 이유가 뭐냐고?"

미크론은 심각한 표정으로 대답했다.

"잃어버린 대지는 생기거나 없어지는 곳이 아닙니다."

잃어버린 대지라 불리는 지역들은 단 한 번도 사라지거나
생긴 적이 없었다. 언제부터인지 알 수 없지만, 역사가 기록
된 시절부터 존재해 온 장소였던 것이다.

"반년 만에 생길 만한 장소는 아니다?"
"예."
미크론은 굳은 얼굴로 고개를 끄덕였다.

"그래서 짐작 가는 거라도 있어?"
이야기를 전해 들은 키트리네는 고개를 갸웃거렸다. 드래곤인 그녀도 지금껏 잃어버린 대지가 새로 생기거나 사라졌다는 이야기를 들어본 적이 없었다.
"마찬가지다. 그곳은 그렇게 만만한 장소가 아니다."
루델의 눈매가 가라앉았다.
"생각해 보면 그곳은 지난 사건의 시작점이기도 하다."
"시작점?"
"타락한 자들이 모습을 드러낸 장소이자, 세크레타라는 인간이 사라진 장소."
마력의 발원지라 불리는 잃어버린 대지.
그곳은 드래곤조차 발을 들여놓을 수 없는 곳이었다. 그러나 한편으로는 강대한 마력을 회복할 수 있는 최적의 장소이기도 했다.
"잊고 있었다. 잃어버린 대지 근처에서 잠시 동안이라도 원래의 마력을 되찾을 수 있다는 사실을."
"그래?"
루델은 눈을 빛냈다.

"그렇다면, 누님을 찾을 수도 있겠군."

그 즈음 리디아는 다른 숲에서 온 대장로들을 배웅하고 있었다.

"괜찮으십니까?"

착잡한 얼굴로 멀어져 가는 그들을 쳐다보는 리디아에게 젊은 장로가 물었다.

"괜찮아요."

고개를 저으며 돌아서는 리디아는 어쩐지 우울해 보였다.

"그만 돌아가요."

"예."

앞장서는 리디아를 따라 걸음을 옮기던 그는 다른 숲의 대장로들이 사라진 들판을 힐끗 돌아보며 눈매를 좁혔다.

"엘프 장로?"

이른 아침부터 손님이 찾아왔다는 말에 루델은 얼굴을 찡그렸다.

"예. 리디아 대장로 밑에 있는 장로 중 하나라던데요."

세란도 얼굴을 찡그리며 대답했다. 그녀 역시 아침 일찍부터 누가 찾아오는 것을 굉장히 싫어했다.

"그러고 보니, 리디아가 한동안 안 왔지."

"그러네요."

　마지막으로 리디아가 찾아왔던 날을 떠올리며 세란은 고개를 끄덕였다.

“무슨 일 있는 걸까요?”

세란이 걱정스러운 표정으로 물었다. 올 때마다 구박하긴 했지만 리디아가 정말 싫어서 그러는 것은 아니었다. 오히려 좋은 친구 사이라면 모를까.

“만나봐야겠군.”

차를 마시며 루델은 눈매를 좁혔다.

“아란이라고 합니다.”

젊은 장로는 이름을 밝히며 공손히 고개를 숙였다.

“그렇게 서 있지 말고 앉지.”

“예.”

이른 아침이었기 때문에 집무실에는 루델과 키트리네, 그리고 세란만이 자리하고 있었다. 여왕은 저혈압을 핑계로 참석하지 않았다.

뻔한 변명이었지만 신경 쓰는 사람은 없었다. 여왕은 엘프와 관련된 일은 언제나 루델에게 맡겼기 때문이다.

“리디아는 잘 지내나?”

루델의 질문에 장로는 고개를 저었다.

“사실 그 일로 찾아왔습니다.”

“리디아 때문에?”

“예.”

세란의 표정이 어두워졌다. 왠지 안 좋은 예감이 들었다.

“어디 아프기라도 한 건가요?”

“그렇지는 않습니다. 단지…….”

입술을 깨물며 머뭇거리던 장로는 결심한 듯 깊은 한숨으로 이야기를 시작했다.

“며칠 전에 다른 숲의 대장로들이 찾아왔었습니다.”

“다른 숲의 대장로?”

루델이 되묻자 잠자코 있던 키트리네가 입을 열었다.

“늦었군.”

“무슨 말이야?”

의아해하는 그에게 장로가 대신 대답했다.

“대장로가 바뀌면 다른 숲에 알려 모임을 가집니다.”

“모임? 대장로들끼리 모인다는 건가?”

“예.”

“하지만 리디아는 그런 말을 한 적이 없잖아요.”

찾아올 때마다 그동안 무슨 일이 있었는지 주절주절 늘어놓는 리디아였기에 세란은 엘프 숲에서 일어나는 일에 대해서 자세히 알고 있었다.

그러나 리디아는 지금껏 단 한 번도 다른 숲의 대장로에 대해서 이야기한 적이 없었다.

“이번이 첫 모임이었습니다.”

"그래서 늦었다고 한 거야?"

차를 홀짝이며 키트리네는 고개를 끄덕였다.

"리디아님께서 대장로가 되신 지도 올해로 칠 년째입니다. 대장로가 바뀌면 늦어도 일 년 안에 모임이 이루어지는 것이 보통입니다만……."

"환영받지 못하고 있다는 건가?"

장로는 묵묵히 고개를 끄덕였다. 그로선 그것이 불만이었다. 리디아가 일족을 위해서 얼마나 노력하는지 제일 가까운 곳에서 보아온 그였다.

하지만 그런 그의 마음과는 상관없이 다른 숲의 대장로들은 여전히 리디아를 인정하지 않았다.

"이제야 인정했다는 거군."

"다행이네요."

세란은 안도했다. 그러나 장로는 굳은 표정을 풀지 않았다.

"그들은 여전히 대장로님을 인정하지 않고 있습니다."

모두의 표정이 굳어졌다.

"그럼 뭐 하러 모임을 연 거지?"

잔뜩 굳은 얼굴로 고민하던 그는 결심한 듯 루델을 쳐다보았다.

"그전에 약속해 주실 수 있겠습니까?"

"무슨 약속?"

"저는 오늘, 여기 오지 않은 겁니다."

"대장로도 좋은 신하를 두었구나."
베르데 여왕은 고개를 끄덕이며 미소 지었다.
"그러게요."
아란 장로가 돌아가자 루델은 모두를 불러 모았다. 그가 전해준 소식이 그만큼 중요했기 때문이었다.
다른 숲의 대장로들이 리디아를 찾아온 이유는 단순했다. 엘프답게 인간의 지배하에서 독립하길 요구했던 것이다. 대신 그들은 리디아를 인정해 주겠다고 제의했다.
"그래도 섭섭하구나. 평소처럼 우리에게 상담했으면 좋으련만."
"대장로도 쉽게 움직일 수 없을 겁니다."
아쉬워하는 여왕에게 미크론이 말했다.
"오히려 그걸 노리고 있을지도 모르니까요. 리디아도 보기와는 다르게 약은 면이 있잖아요?"
"그렇구나. 보기와는 다르게."
"맞아요. 보기와는 다르게."
여왕과 세란이 서로를 쳐다보며 똑같이 음흉한 미소를 짓자 하운드 공작과 미크론은 고개를 저었다.
"하여간 어지간히 눈에 거슬렸던 모양이야."
"우리 왕국이 들어서기 전까지만 해도 인도자의 역할을 하던 그들입니다. 불만을 가지는 것은 당연한 일입니다.”

하운드 공작이 굳은 표정으로 이야기했다.

“엘프는 종족전쟁에서 이종족 연합을 이끌었습니다. 키트리네님의 중재로 이 땅에 뿔뿔이 흩어지긴 했지만, 수백 년간 그 역할은 그대로 이어져 내려왔습니다.”

“그게 우리 왕국 때문에 깨졌다는 거군요?”

“예. 우리 왕국과 교류가 활발해지면서 엘프에게 의지해야 할 필요가 없어진 겁니다.”

“하지만 뭔가 이상하지 않아요?”

잠시 생각에 잠기던 루델이 모두에게 물었다.

“예?”

“생각해 봐, 미크론. 며칠 전에 누가 찾아왔었지?”

미크론은 얼굴을 찡그렸다. 그가 무슨 말을 하려는 것인지 알아차렸기 때문이었다.

“툼바 대족장이 찾아왔었습니다.”

“맞아. 왕따당한다고 징징대고 돌아갔지.”

“그리고 오늘은 아란 장로가 리디아 대장로의 소식을 가지고 왔습니다.”

“그래. 하지만 너무 뻔하단 말이야.”

루델은 눈매를 좁혔다.

여왕뿐만 아니라 다른 이들 역시 고민하기는 마찬가지였다. 정보를 종합해 본다면 엘프가 피시스 왕국을 분열시키려

하고 있음이 분명했다.

하지만 너무 뻔했다.

"알 수 없군."

고개를 저으며 루델은 한숨을 내쉬었다.

"하여간 리디아의 결정은 옳아. 당분간 우리와 가까이 지내지 않는 것이 그녀에게 유리하지. 아란 장로라는 변수가 있었지만."

"리디아가 그들 편에 붙을까요?"

불안감을 이기지 못한 세란이 물었다.

"어떻게 생각해?"

"모르니까 묻는 거잖아요."

투정 부리듯 입술을 내미는 그녀에게 루델은 웃어주었다.

"남쪽 숲의 엘프에게 유리한 쪽에 붙겠지."

"우리가 아니라요?"

"일족을 위해 스스로 죄를 짊어진 녀석인데 내가 좋다고 내게 붙을 거 같아?"

'진짜 좋아하니까 그렇죠.'

세란은 목구멍까지 올라온 말을 삼키며 침울해했다. 리디아가 적으로 돌아선다니 생각하기도 싫었다.

"그리고 보니, 어딘가의 공주님하고 닮았군."

쓸쓸한 중얼거림에 모두의 시선이 올리비아에게 향했다. 이야기에 집중하고 있던 그녀는 갑자기 모두의 시선이 자신에게 향하자 어리둥절했다.

"둔한 것도 말이야."

루델의 시선을 받고 나서야 올리비아는 그것이 자신의 이야기라는 사실을 알아차렸다.

"안 그래?"

"그, 그렇네요."

말을 더듬으며 올리비아는 고개를 숙였다. 귀까지 새빨갛게 달아오른 그녀를 올려다보던 루델은 표정을 굳혔다.

"하여간, 당분간 지켜보도록 하죠."

엘프와 다른 종족의 일을 뒤로하고 루델은 키트리네와 둘이서 새로 생겼다는 잃어버린 대지로 향했다.

"너무 안일한 것 아닌가?"

창밖을 바라보던 루델은 키트리네를 돌아보았다.

"왜? 할멈에겐 좋은 일 아니야?"

"어째서 그런가?"

"원래 수인족과 아인족을 지지했었잖아."

키트리네는 고개를 저었다.

"전에도 말했지만, 종족전쟁을 중재한 이유는 어디까지나 일시적인 동정심 때문이었다."

"일시적인 동정심이라, 매정한 이야기군. 그래도 명색이 드래곤인데."

키트리네는 루델을 빤히 쳐다보았다.

"그대도 드래곤을 수호자라 생각하는가?"

"아니야? 다들 그러잖아. 세계의 수호자라고. 드래곤도 스스로 그렇게 말할 텐데?"

루델의 말대로였다. 드래곤 자신들만이 아니라 다른 모든 종족들도 그들을 세계를 수호하는 위대한 존재라고 여기고 있었다.

그러나 키트리네는 고개를 저었다.

"나는 모르겠다."

"뭐 아무래도 좋아. 나야 누님만 찾으면 그만이니까."

루델은 시큰둥하게 대답하며 다시 창밖을 바라보았다.

키트리네는 그런 그를 이해하지 못했다. 어째서 자신의 왕국을 구하는 일보다 세크레타라는 인간을 찾는 일을 더 중요하게 여기는 걸까.

"그녀가 그렇게 중요한가?"

"응?"

"파멸의 힘 때문인가? 아니면……."

창밖을 바라보던 루델이 고개를 돌렸다.

"같은 처지에 있다는 동질감? 굳이 이유를 대야 한다면, 그게 좋겠네."

"그런가."

"솔직히 뭐라고 똑 부러지게 설명하지는 못하겠다."

어깨를 으쓱이며 루델은 다시 창밖으로 고개를 돌렸다.

그런 루델을 처다보며 키트리네는 얼굴을 찡그렸다. 마음 한구석에 세크레타를 찾지 못하길 바라는 마음이 자리 잡았기 때문이다.

'어째서?'

스스로에게 물었지만 그녀는 답을 생각해 내지 못했다.

"조용하네."

둘은 움푹 패인 대지를 내려다보고 있었다.

"당연한 일이다. 잃어버린 대지를 무서워하지 않는 종족은 인간뿐이니까."

눈매를 찡그리며 키트리네는 손을 뻗었다. 예상대로 그녀의 손은 보이지 않는 벽에 막히고 말았다.

"그 오크의 말이 맞았다. 보이지 않는 벽과 그 너머에서 느껴지는 강한 마력, 잃어버린 대지가 틀림없다."

"별로 달라진 건 없는 것 같은데."

고개를 갸웃거리며 루델도 손을 뻗었다.

"어?"

키트리네는 의아해하는 루델을 보고 할 말을 잃었다. 그의 손이 허공 속으로 사라졌기 때문이다.

"왜 이래. 여기 벽이 있는 거 맞아?"

팔을 휘저으며 루델은 키트리네를 돌아보았다.

“벽 같은 건 없는데?”

“그럴 리가.”

고개를 갸웃거리며 그녀는 주먹으로 허공을 내려쳤다. 그러나 그녀의 주먹은 보이지 않는 벽에 막힐 뿐이었다.

“잃어버린 대지는 드래곤조차 발을 들여놓지 못하는 금단의 땅이다. 그런데 그대는 어떻게…….”

루델은 혼란스러워하는 키트리네에게 다가갔다.

“내겐 소용없는 것 같은데?”

“있을 수 없는 일이다!”

“혹시 장난하는 거 아니지?”

의심이 담긴 시선에 그녀는 고개를 저었다.

“흠.”

루델은 턱을 괸 채 허공을 노려보았다.

“혹시 말이야, 파멸의 힘을 가진 자들은 영향을 받지 않는 게 아닐까?”

“그대처럼 말인가?”

“응. 그거 말고는 딱히 이유가 없잖아.”

키트리네는 기억을 더듬었다.

하지만 잃어버린 대지에 대한 기억은 한 가지뿐이었다. 그 누구도 발을 들여놓을 수 없는 금단의 땅.

문득 그녀는 수없이 오랜 시간을 살아온 드래곤들조차 그런 단편적인 지식밖에 가지고 있지 않다는 사실에 의문을 품었다.

"아무래도 들어가 봐야겠어."

"안 된다!"

키트리네는 루델의 팔을 잡아끌며 고개를 저었다.

"때로는 부딪쳐 보라고!"

루델은 망설이는 그녀를 안아 들고 보이지 않는 벽 안으로 뛰어들었다.

"아……."

억지로 벽 안으로 들어간 키트리네는 자신도 모르게 몸을 떨었다. 갑자기 알 수 없는 힘이 몸을 압박해 왔던 것이다.

"왜 그래?"

"아아."

루델은 갑자기 이상한 반응을 보이는 키트리네를 흔들었지만 그녀는 희미해지는 의식을 잡지 못했다.

"이런!"

키트리네가 결국 의식을 잃어버리자 루델은 벽 밖으로 몸을 날렸다.

"정신 차려!"

잃어버린 대지에서 벗어났지만 키트리네는 여전히 정신을 차리지 못했다. 급히 주위를 둘러보던 루델은 한숨을 내쉬었다. 가까운 수인족의 마을은 한나절은 가야 했다.

“루······.”

그때 키트리네가 눈을 떴다.

“키네!”

“들어가면··· 안 돼.”

그 말을 남긴 그녀는 다시 정신을 잃었다. 키트리네를 안아든 루델은 잃어버린 대지를 돌아보았다.

“나는 예외라는 건가. 아니, 어쩌면 누님도······.”

눈썹을 찡그리던 그는 키트리네를 바닥에 내려놓았다.

물러난 그는 그녀를 향해 손을 뻗었다. 그러자 키트리네 주위 공간이 일그러지기 시작했다. 예전에 미크론과 그녀를 전송시켰던 능력이었다.

“미안하지만, 나는 꼭 들어가 봐야겠어.”

키트리네의 모습이 사라지자 루델은 초조한 시선으로 잃어버린 대지를 노려보았다.

“그럼, 가볼까?”

Chapter 3
비정한 재회의 그림자

REGIS

"어떻게 된 일이지?"

베르데 여왕은 죽은 듯 잠들어 있는 키트리네를 걱정스러운 얼굴로 내려다보았다.

"저도 잘 모르겠어요. 처음 본 건 올리비아인데."

세란의 대답에 여왕은 고개를 돌렸다. 올리비아는 잔뜩 긴장해서 어쩔 줄 몰라 하고 있었다.

"올리비아 공주, 어떻게 된 일인지 말해보겠어요?"

"청소를 하고 있는데 갑자기……."

말을 흐리는 올리비아를 쳐다보는 여왕과 세란의 표정이 굳어졌다.

올리비아는 아직 왕자의 힘과 키트리네의 정체에 대해 알지 못했다. 왕자는 신경 쓰지 않았지만 다른 사람들은 그것만큼은 숨겨야 한다고 생각하고 있었던 것이다.

"전송시킨 거겠지?"

"아마도요."

여왕과 세란은 올리비아를 신경 쓰며 눈빛을 주고받았다.

"아버지께는?"

"테일러 자작을 보냈어요."

여왕은 고개를 끄덕이며 키트리네를 보듬어 안았다. 키트리네는 하루가 꼬박 지나서야 겨우 정신을 차렸다. 그러나 눈만 떴을 뿐 말도 제대로 하지 못했다.

"빨리 오셨으면 좋겠는데."

왕자는 다른 종족의 동향을 신경 쓸 필요 없다고 말했지만, 여왕을 비롯한 모두의 생각은 달랐다.

대평원에서 벌어진 전투로 혼란스러웠던 왕국은 안정을 찾아가고 있었다. 그런데 다른 종족의 반란이라니, 알면서도 당할 수는 없는 일이었다.

왕자가 키트리네와 대평원의 잃어버린 대지로 떠나자 여왕은 하운드 공작과 미크론에게 밀명을 내렸다. 그래서 두 사람은 수도를 떠나 있었다.

그러나 키트리네가 정신을 잃고 전송되어 오자, 여왕은 조심스러워질 수밖에 없었다.

웬만한 일은 여왕 자신과 중앙기사단으로 충분히 대응이 가능했지만, 만일을 대비해 한 명을 불러들이는 것이 낫다고 생각했던 것이다.

"루… 루는?"

이마에 맺힌 식은땀을 닦아주는 여왕의 손길에 몸을 맡기던 키트리네는 힘겹게 입을 열었다.

"전송된 건 키네님 혼자예요. 대체 무슨 일이에요?"

여왕의 걱정스러운 물음에 키트리네는 얼굴을 찡그렸다.

"가만히 계세요."

"하지만 루가……."

움직이려는 키트리네를 엄한 얼굴로 내려다보던 여왕은 문득 든 생각에 세란을 돌아보았다. 세란 역시 여왕처럼 의아한 표정을 짓고 있었다.

"루?"

둘은 동시에 고개를 기울였다.

그러나 키트리네는 그런 걸 신경 쓸 여유가 없었다. 혼자 전송되었다면 왕자는 틀림없이 잃어버린 대지 안으로 들어갔을 터였다.

그것만은 막아야 했다.

"루는 잃어버린 대지 안으로 들어갔다."

"네?"

여왕은 상황이 심각함을 깨달았다. 잃어버린 대지는 결코 쉽게 생각해서는 안 될 곳이었다.

"어떻게요?"

잃어버린 대지는 강력한 결계로 둘러싸인 곳이었다. 위대한 드래곤조차 발을 들여놓지 못하는 곳이라는 말은 괜히 나온 것이 아니었다.

그렇다면 한낱 인간인 왕자가 어떻게 그 안으로 들어간 것일까.

"설마?"

여왕은 자신도 모르게 중얼거렸다. 예전에 키트리네가 한 말이 떠올랐다.

"파멸의 힘은 공간마저 짓이긴다."

"왕자님이라면 그러고도 남을 분이잖아요."

멍하니 중얼거리는 여왕에게 세란이 말했다.

"그래, 그러고도 남지."

우울한 얼굴로 여왕은 키트리네를 원망했다.

"왜 말리지 않으셨어요!"

"미안하다."

여왕의 원망에 키트리네는 조용히 눈을 감았다.

여왕은 집무실로 돌아가고 세란만이 잠든 키트리네를 돌보고 있었다.

걱정스러운 얼굴로 키트리네를 돌보는 세란을 쳐다보는 올리비아는 혼란스러웠다. 여왕과 세란이 주고받은 대화를 제대로 이해하지 못했기 때문이다.

파멸의 힘과 키트리네라는 이름의 요정 소녀.

올리비아는 파멸의 힘이 루델 왕자가 가진 힘이라는 것을 어렴풋이 알아차렸다. 그리고 그 정체가 자신을 짓누르던 이상한 힘이라고 생각했다.

파멸의 힘에 대한 의문이 조금 풀리고 나자 올리비아는 요정 소녀에게 관심을 가졌다.

권력의 정점에 서 있는 여왕조차 존대하며 함부로 대하지 못하는 존재.

그녀가 아는 요정에 대한 이야기는 오래전에 모습을 감추었다는 것뿐이었다.

그들은 강한 힘을 가진 것도 아니고 고귀하게 여겨지지도 않았다. 단지 그 수가 적어 만나기 힘든 종족 중 하나일 뿐이었다.

"궁금하지?"

그때 세란이 물었다.

"예?"

"모른 척할 필요 없어."

키트리네의 이마에 맺힌 땀을 닦으며 세란은 한숨을 내쉬었다.

"폐하께서도 말해줘도 괜찮다고 하셨으니까."

"언니."

세란은 힘없이 미소를 지었다.

집무실로 돌아가면서 여왕은 올리비아에게 왕자와 키트리네에 대해 가르쳐 주는 편이 좋겠다고 말했다. 세란은 내키지 않았지만 여왕의 말을 따를 수밖에 없었다.

"드래곤의 맹약에 대해 알아?"

"예. 종족전쟁이 한창일 때, 저 위대한 드래곤 키트리네님께서 모든 종족을 불쌍히 여기시어……."

올리비아는 말을 멈췄다.

전설 속의 드래곤과 같은 이름을 가진 요정 소녀. 그녀는 둘 사이의 공통점을 눈치 채지 못할 정도로 둔하지 않았다.

"드래곤……."

멍한 표정의 올리비아에게 세란은 고개를 끄덕여 주었다.

"키네님이 바로 그 드래곤이야."

"걱정하는 사람은 생각지도 않는다니까요. 쓸데없는 것만 할아버지를 닮아가지고는!"

여왕의 투정에 미크론은 머리를 긁적였다.

"그래도 위험에 처하신 것은 아니니 다행입니다."

"흥! 돌아오기만 해보라지."

소식을 전해 들은 미크론은 급히 수도로 돌아왔다.

미크론은 하운드 공작도 함께 돌아오는 것이 낫다고 생각했지만, 공작은 미크론만을 돌려보냈다.

"아버지는 더 돌아보실 생각이군요."

"신경 쓰이는 곳이 있다고 전해달랬습니다."

여왕은 굳은 얼굴로 고개를 끄덕였다.

하운드 공작은 왕국 밖에서도 큰 영향력을 가진 사람이었다. 젊은 시절에 밖으로 나돈 결과였지만, 지금에 와서는 그것이 큰 도움이 되고 있었다.

"뭔가 알아낸 거라도 있나요?"

"예, 폐하."

미크론의 얼굴이 무겁게 가라앉았다.

"아주 많습니다."

세란은 올리비아와 함께 치료사를 만나고 돌아오는 길이었다. 약초가 요정에게도 통할지 장담할 수 없었지만 마냥 손 놓고 있는 것보다는 나으리라 생각했기 때문이다.

"정말 복잡하네요."

올리비아는 입을 벌린 채 거리를 둘러보았다. 가르비아의 중앙로에는 두 번째 들른 것이었지만 올리비아에겐 여전히 놀라운 장소였다.

“포트란과는 많이 다르지?”

“예. 정말 다른 세상 같아요.”

고개를 끄덕이며 올리비아는 고향을 떠올렸다. 포트란 왕국의 수도 울란, 오랜 역사를 자랑하는 도시였지만 가르비아와 비교한다면 초라했다.

‘비교 자체가 모욕일지도……’

그렇게 생각하며 올리비아는 씁쓸한 마음을 달랬다.

“그렇게 얼빠지게 있다가 누가 잡아가기라도 하면 어쩌려고 그래?”

멍하니 서 있던 올리비아는 얼굴을 붉히며 세란의 손을 잡았다.

“그, 그럴 리가요. 저 같은 걸 누가.”

“그 말 들으면 억울해할 사람 많을걸?”

“정말요?”

눈을 반짝이는 올리비아를 게슴츠레한 눈으로 쳐다보며 세란은 고개를 저었다.

“이렇다니까.”

“사실 외모는 자신있다구요.”

“왕자님에겐 안 통해서 문제지.”

세란의 핀잔에 올리비아는 볼을 부풀렸다.

“너무해요, 언니.”

싱거운 미소로 고개를 돌리던 세란은 갑자기 걸음을 멈췄다. 함께 멈춰 선 올리비아는 표정을 굳혔다. 길을 막는 수인들을 보았기 때문이었다.

올리비아는 슬그머니 허리에 손을 가져갔다. 그러나 그곳에는 아무것도 매달려 있지 않았다. 피시스 왕국으로 넘어온 뒤로는 검을 잡아본 적이 없었던 것이다.

당황하며 한 발짝 물러서는 올리비아와는 달리 세란은 차가운 표정으로 그들을 노려보았다.

"볼일은 내게 있는 것 같군."

"그렇다."

둘을 막아선 이들 중 하나가 앞으로 나섰다.

세란은 상대를 노려보았다. 건장한 체격을 가진 평범한 인상의 남자. 특이할 만한 것은 머리 양옆에 돋아난 뾰족한 귀와 바람에 날리는 꼬리였다.

그녀는 그것이 자신과 같은 여우 부족의 수인이라는 사실을 알아차렸다.

"전할 말이 있다."

"별로 듣고 싶은 마음이 없는데."

여전히 차가운 태도에 올리비아는 침을 삼켰다. 상대는 자신들보다 배나 많았지만 세란은 전혀 주눅 들지 않았다.

"흥미가 있으리라 생각한다."

"흥미?"

의아해하는 세란에게 그가 미소 지었다.

“동족으로서.”

세란이 미크론을 찾아온 것은 늦은 밤의 일이었다.
“오랜만이에요.”
“오랜만은 무슨.”
싱거운 미소를 지으며 미크론은 집무실 문을 잠갔다.
“폐하께 무슨 일이 있었는지 들었다. 전하도 정말 그렇게 무책임하게 사라지시다니.”
“무사히 돌아오실 거예요.”
“그래, 그래야지.”
고개를 끄덕이는 미크론을 물끄러미 쳐다보며 세란은 입술을 깨물었다.
“그런데 가신 일은 어떻게 되었어요?”
“예상대로야. 엘프의 주도로 수인족과 아인족의 강경파들이 모이고 있다는 정보다. 하지만 역시 의심스러워.”
세란은 고개를 끄덕였다. 왕자가 말한 대로 너무 뻔한 일이었다.
“쓸데없는 고민일지도 모르죠.”
“그래?”
미크론은 쓴웃음을 머금었다. 세란 말대로 자신들이 너무 심각하게 생각하고 있는 것일지도 몰랐다. 상대를 너무 과대평가했달까.

"저는 그쪽이 맞다고 생각하지만요."

미크론은 의아한 얼굴로 세란을 쳐다보았다.

"어째서?"

"오늘 왕궁 밖에 나갔다가 수인들을 만났어요."

"아무 일 없었어?"

세란의 말에 미크론은 벌떡 일어서며 물었다.

"먼저 접근해 오긴 했지만 별일은 없었어요."

"벌써 수도까지 들어와 있었나?"

한숨을 내쉬며 다시 주저앉는 미크론에게 세란이 말했다.

"이 안까지 들어와 있을지도 모르죠."

"무슨 소리야?"

"제 이름하고 어머니 이름을 알고 있더군요."

"뭐?"

미크론은 눈썹을 찡그렸다.

세란이야 나름대로 유명했으니 이름을 알아내는 것은 어렵지 않았다. 그러나 부모 이름까지 알아내는 일은 결코 쉬운 일이 아니었다.

"우리 왕국에는 혼혈이 많아요. 같은 피가 흐르는 동족이라는 명분에 혹하는 이들은 얼마든지 있을 수 있다는 이야기죠."

"그런가."

미크론은 심각한 표정을 지었다.

엄밀히 말해서 대부분의 귀족은 다른 종족과의 혼혈이었다. 다만, 세란처럼 수인의 피가 강한 경우가 드물어 외모가 인간과 같았을 뿐.

"같은 피가 흐르는 동족이라, 멋진 이야기죠?"

차가운 미소를 지으며 세란은 품에서 단검을 꺼냈다. 검집을 빠져나오는 칼날. 날카로운 눈으로 똑같이 날카로운 칼날을 바라보는 세란.

미크론은 그런 그녀를 조용히 쳐다보았다.

"아니, 멋진 이야기는 아니군요."

세란은 고개를 저으며 단검을 다시 검집에 집어넣었다.

"휴우."

탁자 위에 놓여진 단검을 내려다보며 미크론은 안도했다.

"왜요, 제가 찌르기라도 할까 봐요?"

"정말 그럴 줄 알았다니까."

어깨를 으쓱이는 미크론을 쳐다보는 세란의 마음은 씁쓸했다. 자신이 미크론을 만나러 온 이유가 바로 그것 때문이었던 것이다.

"실은, 이것 때문에 찾아온 거예요."

세란은 눈짓으로 단검을 가리키며 말했다.

"아마 기사단 내에도 상당수가 제의를 받았을 거예요."

"하긴, 권력의 중추에 있는 네게도 접근했으니까."

미크론의 말에 세란은 고개를 저었다.

"저는 경우가 달라요."

"어째서?"

의아해하는 그에게 세란이 말했다.

"제게 접근한 사람은 여우 부족의 대족장이었어요."

"여우 부족? 아, 넌 여우 부족이었지."

고개를 끄덕이는 미크론을 쳐다보며 세란은 한숨을 내쉬었다.

"아버지라더군요."

"뭐?"

"제가 여우 부족 대족장의 딸이래요."

미크론은 입을 떡 벌린 채 눈을 깜빡였다.

"말도 안 돼!"

"저도 그렇게 생각했어요."

세란은 자리에서 일어나 책상에 몸을 기댔다.

"하지만 마냥 무시하기만 할 수는 없더군요."

미크론은 잠자코 세란의 말에 귀를 기울였다.

"혼혈은 태어날 때 모습이 정해지죠. 인간의 모습을 가질지 아니면 수인의 모습을 가질지. 그리고 열에 아홉은 인간의 모습을 가지는 게 보통이에요."

"특별한 혈통이 아닌 이상."

"맞아요. 특별한 혈통이 아닌 이상."

미크론은 눈썹을 찡그렸다.

"대족장들은 세습되죠. 그럴 수밖에 없어요. 특별한 혈통은 하나뿐이니까. 그리고 그들은 인간과 섞여도 혈통이 쉽게 사라지지 않아요."

"그럼?"

"대족장의 딸이라는 말도 거짓은 아닐 거예요."

미크론은 세란을 올려다보았다.

어렸을 때 헤어진 아버지의 부탁. 만일 자신이라면 어떻게 했을까? 다른 건 몰라도 쉽게 거절하지는 못했을 거라고 생각했다.

누구라도 혈연에는 끌리기 마련이니까.

"하지만 한 가지 의문이 남아요."

"의문?"

"저처럼 중간에 성향이 바뀌는 경우가 없다는 거죠."

미크론은 고개를 끄덕였다.

인간의 피가 강할지 수인의 피가 강할지는 태어날 때 정해지는 것이었다. 세란처럼 중간에 갑자기 바뀌는 경우는 미크론도 들어본 적이 없었다.

"후훗."

비웃음을 머금는 세란의 모습이 서서히 변해갔다.

"……"

미크론은 변해 버린 세란을 멍한 얼굴로 올려다보았다.

온몸을 뒤덮은 부드러운 순백의 털. 세로로 갈라진 날카로

운 눈동자. 갈기처럼 하늘거리는 보랏빛 머리카락. 드레스 자
락처럼 뒤로 우아하게 뻗은 세 꼬리.

변해 버린 세란은 쉽게 범접할 수 없는 분위기를 품고 있었
다.

"어때요?"

"글쎄. 전하께서 좋아하시려나?"

다소 붉어진 얼굴로 미크론은 고개를 돌렸다. 어쩐지 마주
보고 있기가 힘들었다.

"확실히 보통 여우 부족과는 다르죠?"

"그, 그래."

"짜증나는 이야기예요."

미크론은 고개를 젓는 세란을 돌아보았다.

"만일 혈통이 약했다면, 찾아왔을까요?"

"알아내기도 어려웠겠지."

"기억도 못했겠죠."

미크론은 착잡했다. 어쩐지 서글픈 이야기였다.

"뭐, 좋아요. 아버지라니까, 다시 한 번 만나봐야죠."

"후아암."

하품하는 세란을 쳐다보는 올리비아의 기분은 묘했다.

"피곤해요?"

"우웅."

세란이 늦잠을 잔 것이다.

졸린 눈을 비비며 침대에서 밍기적대는 세란을 쳐다보며 올리비아는 미소 지었다.

세란은 늦게 일어난 적은 없었다. 언제나 단정하게 옷을 차려입고 올리비아를 깨우는 입장이었던 것이다.

올리비아는 한 치의 흐트러짐도 없는 세란에게 존경과 질투를 품고 있었다. 그런데 설마 자신이 세란을 깨우는 날이 올 줄이야.

"왜?"

손등으로 눈을 비비던 세란은 자신을 빤히 쳐다보고 있는 올리비아에게 물었다.

"아, 아니에요."

올리비아는 얼굴을 붉히며 고개를 돌렸다.

세란은 변신한 채였다. 올리비아는 전에 한 번 본 적이 있었지만 그렇게 자세히 보지는 못했다.

그런데 막상 밝은 곳에서 변신한 세란을 보니 묘한 기분이 들었다. 평소와는 다른 편안한 느낌. 그날 밤에 들었던 기분이 우연이 아니었던 것이다.

"그런데 왜 변신했어요?"

"어제 그냥 해봤는데, 풀리지가 않아."

"네?"

"마음대로 안 되네."

세란이 마음에 들지 않는지 볼을 부풀리자 올리비아의 얼굴이 더욱 붉어졌다.

"그, 그 모습도 괜찮은데요. 다들 좋아할 거예요."

"그래?"

"네! 분명히 그럴 거예요."

"후웅."

여전히 고민하는 세란을 쳐다보며 올리비아는 몰래 혀를 내밀었다.

"우……."

"안 돼, 키네. 가만히 있어."

레이아 공주는 얼굴을 잔뜩 찌푸린 키트리네를 다독이며 날개를 다듬었다.

"에헤."

"레이아."

"조금만요."

레이아 공주는 키트리네의 날개를 다듬는 것을 좋아했다. 베르데 여왕은 그것이 굉장히 싫었지만, 조금 말리는 수준에서 멈추었다.

그것이 공주의 몇 안 되는 즐거움이었기 때문이다. 게다가 곤란해하면서도 날개를 맡기는 키트리네의 반응도 제법 재미있었다.

"올리비아 공주, 세란은 왜 안 오는 거죠?"

"예? 그, 그게……."

가만히 서서 흐뭇한 시선으로 그것을 지켜보던 올리비아는 말을 더듬었다.

"설마, 밤에 괴롭히거나 하는 건 아니겠죠?"

"그, 그럴 리가 있겠습니까?"

얼굴을 붉히며 올리비아는 여왕의 시선을 피했다.

여왕은 올리비아를 타국의 공주처럼 대했다. 그것은 하운드 공작과 미크론 공작도 마찬가지였다.

올리비아로선 그것이 상당히 부담스러웠다. 그것은 자신을 포트란 왕국의 공주로 인정한다는 뜻이기도 했지만, 다른 한편으로는 신뢰하지 않는다는 뜻이기도 했다.

"세란이 이런 적이 없었는데. 대체 무슨 일이죠?"

여왕의 다그침에 올리비아는 한숨을 내쉬었다.

"실은, 늦잠을 자서……."

"늦잠을? 세란이?"

여왕은 믿지 못하겠다는 얼굴로 되물었다.

"네에."

세란은 정오가 지나서야 모습을 드러냈다.

"아직도 안 풀린 거예요?"

"응."

올리비아는 왕자의 방 안으로 들어서는 세란을 쳐다보며 미소 지었다. 졸린 듯 눈을 비비는 그녀는 여전히 변신한 채였다.

"세란?"

겨우 기운을 차린 키트리네는 세란을 쳐다보며 고개를 기울였다.

"금세 알아보시네요."

"냄새가 같으니까."

올리비아는 키트리네의 대답에 코를 매만지며 고개를 갸웃거렸다. 냄새만으로 사람을 구별할 수 있다니 어쩐지 상상이 가지 않았던 것이다.

'드래곤이라 그런가?'

의아해하는 올리비아와는 상관없이 세란은 미소 지었다.

"그래도 기운 차리셔서 다행이에요."

"응. 그런데 루는 아직이야?"

"예."

키트리네는 침울한 표정을 지었다. 그런 그녀를 쳐다보던 세란은 올리비아를 돌아보았다.

"그런데 폐하께서는?"

"집무실에 계실 거예요."

"그래."

천천히 고개를 끄덕이며 세란이 몸을 돌리는데 키트리네

가 입을 열었다.

"마음을 진정시키지 않으면 풀리지 않을 거야."

"네?"

"변신이 풀리지 않는 이유는 불안감 때문이야. 아무리 스스로 그렇지 않다고 생각해도 몸은 불안감을 떨치지 못하고 있는 거지."

키트리네의 말에 세란은 표정을 굳혔다. 변신이 풀리지 않는 이유를 짐작했기 때문이었다.

"그렇군요."

세란은 담담한 표정으로 몸을 돌렸다.

베르데 여왕은 미크론과 현재 상황에 대해 논의 중이었다.

"그렇다면 세란처럼 수인의 혈통이 강한 자들을 먼저 조사해야겠군요."

"다만, 성급하게 진행해서는 안 될 것입니다."

"왕자가 없을 때 이런 일이 생기다니……."

미크론의 조언에 여왕이 한숨을 내쉬었다.

"언제 돌아오실지 모르니 어쩔 수 없습니다."

여왕은 고개를 끄덕였다.

왕자가 언젠가 왕위에 오를 것이라고는 하지만, 그때까지 마냥 의지할 수는 없는 일이었다. 여왕은 부모로서의 최소한의 자존심은 지켜야 한다고 생각했다.

"그나저나 세란은 정말……."

여왕은 설레설레 고개를 저었다.

"너무 충직한 게 탈입니다."

"그러게요."

여왕 역시 세란의 마음을 알고 있었다. 다만 함부로 나서기가 어려워 그저 지켜보고만 있을 뿐.

미크론은 지난밤에 세란이 해준 말을 여왕에게 전했다. 다만, 여우 부족의 대족장이 그녀의 아버지라는 사실만은 전하지 않았다.

"그 이야기는 일단 비밀로 해요."

간곡히 부탁하던 세란을 떠올리며 미크론은 한숨을 내쉬었다.

"보답받기 어렵다는 사실을 모르지 않을 텐데."

"폐하."

여왕의 말에 미크론은 놀라고 말았다. 설마 그녀도 그런 생각을 하고 있을 줄은 몰랐던 것이다.

"세란의 마음은 공작보다 내가 더 잘 알걸요?"

미크론은 곤란한 표정으로 대답을 피했다.

"어린 시절을 거친 용병들 사이에서 보낸 나예요. 귀족이나 평민 같은 신분은 내겐 오히려 생소한 것들이죠. 하지만 왕자는 어떨는지.”

연민이 담긴 표정을 짓는 여왕을 쳐다보며 미크론은 생각했다. 만일 세란이 그 대족장의 딸이 맞다면, 더 이상 걱정할 필요가 없을 게 분명했다.

“폐하.”

고민하던 미크론이 세란에 대해 말을 꺼내려는데 근위기사가 세란이 왔음을 알렸다.

키트리네의 팔을 문지르며 올리비아는 입가에 맴도는 말을 참았다.

키트리네, 종족전쟁을 중재한 전설의 드래곤.

그 정체에 대해서는 이미 세란에게 들었지만 실감나지 않았다. 아무리 봐도 평범한 요정 소녀였지, 위대하고 절대적인 힘을 가진 드래곤처럼 보이지 않았던 것이다.

“저어… 키트리네님?”

결국 올리비아는 참지 못하고 입을 열었다.

“왜?”

“키트리네님은 정말 드래곤인가요?”

“……”.

생각에 잠겨 있던 키트리네는 올리비아의 질문에 고개를 저었다.

“키트리네라는 이름의 드래곤은 죽었다.”

"하지만 다들……."

눈치를 살피며 말을 흐리자 키트리네는 몸을 돌렸다.

"너의 눈에는 어떻게 보이지?"

키트리네는 두 팔을 벌리고 올리비아를 빤히 올려다보았다.

"이 나약한 육체를 보아라. 이걸로 무얼 할 수 있단 말이냐? 육체와 마력을 잃어버린 자를 과연 드래곤이라 부를 수 있을까?"

키트리네는 침울한 표정으로 고개를 숙였다.

"스스로 걸음조차 내딛지 못하는 자가 무슨 위대한 자란 말이냐?"

올리비아는 그저 침묵할 수밖에 없었다.

리디아는 회의에 참석 중이었다.

"이걸로 이번 달 결산도 끝입니다."

"그렇군요."

장로의 보고에 리디아는 고개를 끄덕였다. 침울한 리디아의 표정에 장로들이 수군댔지만 그녀는 개의치 않았다.

"그럼, 오늘 회의는 이걸로 마치겠어요."

폐회를 선언하며 리디아가 회의실을 나갔지만 장로들은 모두 남아 있었다. 창문으로 그녀가 사라진 것을 확인한 장로 하나가 한숨을 내쉬며 입을 열었다.

"대장로께서 요즘 많이 우울해 보이시오."

말은 그렇게 했지만 이유를 모르는 이는 없었다.

"대평원의 수인족과 아인족 중에는 이미 준비를 끝낸 자들도 있다고 합니다."

"그런……."

아란의 말에 몇몇 장로가 혀를 찼다.

"키트리네님께서 스스로를 희생하셔서 목숨을 구해주었더니 이젠 그 뜻을 저버리려 하다니."

"어이없는 일이 아닐 수 없소."

장로들의 말에 아란은 고개를 저었다.

"문제는 주동자들 중 하나가 다른 숲의 엘프라는 사실이입니다."

장로들은 한숨을 내쉬며 고개를 저었다. 다른 숲의 엘프들과는 달리 그들은 그것을 수치로 여겼다.

"부끄러운 일이오. 타락한 자들을 물리친 지 일 년도 지나지 않았거늘."

"대장로께선 어째서 그들에게 반대하고 나서지 않는 것인지 모르겠소."

"동족과 뜻을 달리하는 일이 아닙니까."

"흥! 인간들을 보시오. 그들은 동족과 뜻을 같이할 줄 몰라서 서로 싸우는 줄 아시오?"

격해지는 논쟁에 아란은 이마를 짚었다.

"뜻을 하나로 모은다는 것이 얼마나 힘든 일인지 우리는 지난 전쟁으로 뼈저리게 느꼈습니다. 대장로께선 이번 일로 인해 우리가 또 분열될지 걱정하고 계신 겁니다."

"이미 분열되고 있구려."

제일 나이가 많은 장로의 말에 모두 고개를 숙였다.

"어찌 되었든 저는 대장로님의 결정을 따를 것입니다."

아란은 굳은 얼굴로 그렇게 선언했다.

"다른 장로들은 어떻습니까?"

모두의 얼굴에 고민이 깃들었다.

"언제부터 우리가 자신의 이익을 따지게 되었습니까!"

아란은 한심한 그들의 태도에 탁자를 내려쳤다.

"또다시 같은 잘못을 되풀이할 생각입니까? 동족들이 우리가 저질렀던 잘못을 되풀이하기를 바랍니까?"

그의 외침에 장로들은 하나둘씩 고개를 끄덕였다.

"나 역시 대장로의 뜻을 따르겠소."

"나도 마찬가지요."

누군가 동의하자 모든 장로들이 고개를 끄덕였다.

"어서 와요."

창가에 멍하니 앉아 있던 리디아는 부드러운 미소로 아란을 반겨주었다.

"회의도 일찍 끝내시길래 뭘 하시나 했더니 시간만 보내고 계셨군요.”

“시간이야 엘프에겐 넘쳐 나니까요.”

리디아는 얼굴을 붉히며 변명했다.

“그렇게 헤프게 썼다가는 벌받으실 겁니다.”

“우웅. 구박하려고 왔어요?”

볼을 부풀리며 흘겨보는 리디아에게 손을 저으며 그는 자리에 앉았다.

“그럼 회의에서 빠진 일이라도 있어요?”

평소처럼 자신을 대하는 리디아를 빤히 쳐다보며 아란은 고개를 저었다.

“그건 아니고, 전해 드릴 소식이 있어 왔습니다.”

“소식이요?”

리디아가 고개를 기울이자 아란은 표정을 굳혔다.

“서쪽 숲의 대장로가 내일 다시 찾아올 겁니다.”

“그런가요.”

“아마 내일은 확답을 요구할 것입니다.”

리디아는 아란을 빤히 쳐다보았다.

“그걸 어떻게 알고 있는 거죠?”

“중요한 일은 그것이 아닙니다.”

아란은 그렇게 말을 돌렸다.

“그래서 장로들은 어떻게 하기로 했나요?”

리디아의 질문에 아란은 씁쓸한 미소를 지었다. 모르는 듯

행동하긴 했지만 그녀는 자신들을 꿰뚫어 보고 있었던 것이
다.

"무엇을 선택하시든 저희들은 따를 것입니다."

"그것이 동족에게 활을 겨누는 것이라 해도?"

아란은 침을 삼켰다.

"각오한 바입니다."

"그렇군요."

잔뜩 긴장한 아란은 의외로 담담하게 말하는 리디아를 의
아한 눈으로 쳐다보았다.

"예상하고 계셨던 겁니까?"

그가 조심스레 묻자 리디아는 고개를 저었다.

"아니요. 사실 반대한다면 떠날 생각이었어요."

"대장로님!"

"이제 제가 없어도 충분해요. 어떻게 제가 동족에게 활을
겨누라고 할 수 있겠어요. 죄인이 되는 건 저 혼자로 족해
요."

리디아의 대답에 아란은 고개를 저었다. 그녀는 또다시 혼
자서 모든 것을 짊어지려 하고 있었다.

"걱정하지 마십시오."

그는 마음을 굳게 먹었다.

"이번에는 결코 혼자가 아닙니다."

“사흘 후라고 합니다.”

하운드 공작은 늦은 밤에 홀로 조용히 돌아왔다.

“사흘 후요?”

“예.”

잠옷 차림으로 공작을 맞이한 여왕은 눈살을 찌푸렸다.

“애매하군요.”

“리디아 대장로는 공식적으로 중립을 지키겠다고 선언했습니다.”

졸린 눈으로 손에 든 서류를 들춰보던 미크론은 아란의 밀정에게 전해 받은 소식을 말했다.

“그쪽은 걱정할 필요 없다는 건가?”

“애초에 리디아 대장로가 그럴 리도 없었지 않습니까?”

“하긴, 그렇지.”

미크론의 말에 하운드 공작은 피식 웃었다.

“문제는 수도에 남아 있는 수인들인데…….”

“여우 부족은 제가 만나볼게요.”

겨우 변신이 풀린 세란이 말했다.

“네가 말이냐?”

“예. 일단 동족이니까 설득해 보려고요.”

미크론은 불안한 눈으로 세란을 쳐다보았다. 아직까지 그는 그녀에 대한 이야기를 여왕과 공작에게 하지 않았다. 그저 같은 동족이 접근해 왔다고만 알렸을 뿐.

"위험하지 않겠니?"

"제가 믿을 만한 기사 몇을 데리고 근처에 매복하고 있겠습니다."

여왕의 걱정에 미크론이 말했다. 아무래도 세란의 비밀에 대해 알고 있는 자신이 나서는 게 좋을 것 같았다.

"흠. 그럼 내가 테일러와 함께 다른 수인들의 본거지를 치겠네."

하운드 공작은 그렇게 말하며 지도를 가리켰다.

"진압은 정오가 되면 동시에 시작될 테니. 그때까지 설득하지 못한다면 포기하는 게 좋을 게다."

"예."

세란은 굳은 얼굴로 고개를 끄덕였다.

"그런데 이걸로 괜찮겠어요?"

"예, 폐하. 일단 주동자들만 다 처리하고 나면, 나머지는 자연스레 와해될 것입니다. 그 뒤에 남는 잔당들 처리하는 것은 쉽습니다."

"잘되기를 바라야겠군요."

다음날 세란은 조금 늦은 시간에 왕궁을 나섰다.

"너무 늦은 거 아니야?"

미리 기사들을 매복시켜 놓은 미크론이 물었지만 세란은 고개를 저었다.

"설득하는 데 많은 시간이 필요하진 않아요. 단 한 번의 제의와 몇 분의 생각할 시간이면 되죠."

미크론은 눈살을 찌푸렸다. 그녀의 말은 사실상 설득할 생각이 없다는 의미였다.

"다시 한 번 생각해 보는 게 어떠냐?"

"왜요?"

"그야……."

'네 아버지가 아니냐.'

미크론은 그 말을 삼켰다. 이제 와서 세란의 마음을 돌리기엔 늦은 일이었다.

"그런데 제가 말한 건 알아보셨어요?"

세란의 질문에 미크론은 날카로운 시선으로 주위를 살펴보았다.

"그래."

"어떻던가요."

"그런 낌새는 없었어."

세란의 미소에 입맛을 다시며 미크론은 대답했다.

"어서 오너라."

여우 부족의 대족장은 환한 미소로 세란을 맞았다.

"안녕하세요."

"그래, 어찌 되었느냐?"

세란은 문이 잠긴 걸 확인하고는 방에 자리한 다른 동족들을 둘러보았다.

"믿을 만한 자들이겠죠?"

"당연하지 모두 동족인데."

날카로운 시선으로 그들을 둘러보던 세란은 대족장의 대답에 고개를 끄덕였다.

"이쪽의 계획은 이미 다 알려져 있어요. 이틀 후에 봉기한다는 것까지."

"그런!"

놀라는 대족장에게 세란은 굳은 표정으로 말했다.

"정오에 동시에 토벌이 시작될 거예요. 여기도 안전하지 못해요."

"뭐라고?"

"그걸 알려 드리려고 급히 나온 거예요."

대족장은 의아해했지만 다급한 세란의 표정에 고개를 끄덕일 수밖에 없었다.

"그럼 빨리 빠져나가야겠구나."

"갈 곳은 있어요?"

"수도 북서쪽 산지에 다른 동지들이 머물고 있다. 무슨 일이 생기면 그곳으로 모이기로 되어 있지."

"그렇군요."

세란은 고개를 끄덕이며 말을 이었다.

“거기는 아직 모르니까 괜찮을 거예요.”

“그럼 어서 가야겠구나!”

세란의 대답에 급히 몸을 일으키던 대족장은 다시 주저앉고 말았다. 갑자기 몸에 힘이 들어가지 않았던 것이다.

“윽!”

의아해하며 고개를 기울이던 그는 쓰러지기 시작하는 부하들을 보며 놀라고 말았다.

“이게 어찌 된……?”

“네이퀴드. 여우 부족에겐 치명적인 독이지. 혼혈에겐 별 효과가 없는 모양이지만.”

“세란, 네가?”

피를 토하며 대족장은 세란을 노려보았다.

“어찌 아비에게 이럴 수 있단 말이냐!”

“아버지? 내게 아버지가 있었던가?”

세란의 입가에 걸친 비웃음에 그는 절망했다.

“거짓말이 아니다!”

“훗.”

세란은 몸도 제대로 가누지 못하는 대족장에게 다가갔다.

“그럼 아버지는 오늘 죽은 걸로 치지.”

“그럴 수가.”

“다행인 줄 알아. 어머니처럼 길바닥에서 쓸쓸히 죽어가는 것보다는 나으니까.”

그때 미크론이 방문을 박차고 들어왔다.

"세란!"

"늦었어요."

"무사했구나."

미크론은 피를 흘리며 쓰러져 있는 수인들을 둘러보며 안도했다. 그러나 세란은 매서운 눈으로 그에게 물었다.

"밖에 다섯이 있었는데, 다 처리하셨어요?"

"물론이지. 정보가 새어나갈 일은 없을 거야."

"다행이군요. 안 그래요, 아버지?"

미크론은 아직까지 정신을 잃지 않고 버티는 여우 부족의 대족장을 쳐다보았다.

"네가 어떻게……."

대족장은 현실을 인정하지 못하고 같은 말만 반복하고 있었다. 미크론은 허망함이 담긴 눈으로 세란을 쳐다보는 그가 어쩐지 불쌍했다.

"처리를 부탁해요."

미련없이 세란이 밖으로 나가자 미크론은 그에게 다가갔다.

"물어볼 것이 있다."

대족장은 다시 한 번 피를 토하며 그를 올려다보았다.

"세란이 정말 그대의 딸인가?"

"후후후."

그는 힘없이 어깨를 들썩였다.

"죄 많은 아버지의 말로지."

"그렇군."

미크론은 망설임없이 대족장의 목에 검을 쑤셔 넣었다.

"이걸로 된 거다."

늘어진 대족장의 시신을 확인하며 미크론은 불의 정령을 소환했다.

피어오르는 연기를 신호로 수도 가르비아 각지에서 반란군 토벌 작전이 시작되었다. 그와 동시에 포섭 대상이었던 자들도 구금되기 시작했다.

시끄러운 소동을 뒤로한 채 세란은 거리를 걷고 있었다.

"여기인가?"

세란은 기억을 더듬어보았지만 정확한 위치를 찾아내지는 못했다. 왕자의 정책으로 거리는 이미 한 번 재단장을 거쳤기 때문이었다.

"이 근처였을 거야."

어렴풋이 남아 있는 기억을 떠올리며 세란은 어두운 골목을 바라보았다.

어린 시절, 어머니와 함께 거리를 떠돌다 밤이 되면 몸을 쉬었던 골목. 조금 달라졌지만 세란은 그곳이 맞다고 생각했다.

그 시절처럼 골목 안으로 들어간 세란은 지저분한 바닥에 주저앉아 벽에 등을 기댔다.

"엄마……."

멀리서 피어오르는 연기를 바라보며 세란은 조용히 죽은 어머니를 떠올렸다. 자신도 모르게 흘러내리는 눈물. 손을 들어 닦으려던 그녀는 고개를 저으며 손을 내렸다.

"웬 청승이야?"

갑자기 들려온 말에 고개를 돌린 세란은 지저분한 꼴의 사내를 볼 수 있었다.

"왕자님……."

눈가에 고인 눈물 때문에 흐릿하긴 했지만 못 알아볼 세란이 아니었다.

"꼴이 말이 아니시네요."

손등으로 눈물을 훔치며 세란은 미소 지었다.

"그런가?"

루델은 절뚝거리며 세란 옆에 주저앉았다. 그리고 그녀의 어깨에 팔을 걸치며 하늘을 올려다보았다.

"이러고 있으니까, 꼭 거지 남매 같지?"

세란은 그의 어깨에 머리를 기댔다.

"속 썩이는 동생 때문에 고생하는 불쌍한 누나죠."

"기가 센 누나에게 구박받는 불쌍한 동생이 아니고?"

"뭐예요?"

눈물이 멈추지 않았지만, 세란은 미소 지으며 왕자를 끌어안았다.

"무사하셔서 다행이에요."

"시간은 정말 기가 막히게 맞추십니다?"

"뭐야, 너도 빈정대는 거냐?"

루델의 대꾸에 미크론은 뚱한 표정으로 고개를 돌렸다.

"딱히 그런 건 아닙니다만."

"싱겁기는."

피식 웃으며 그는 하운드 공작을 돌아보았다.

"그래서, 토벌은 성공적으로 끝내셨어요?"

"예, 전하. 세란이 알아낸 본거지만 치면 됩니다."

"오랜만의 실전이군요."

"예."

고개를 끄덕이며 공작은 시간을 가늠했다. 수도 내의 반역자들을 처리하긴 했지만, 확신할 수는 없었다.

"작전은 시간을 다투는 법이죠. 여유를 주어선 안 돼요. 오늘 밤에 바로 치도록 하세요."

"알겠습니다, 전하."

"그리고 되도록이면 주력 부대를 투입하세요. 야간 전투를 경험해 보는 것도 좋으니까."

"예."

오랜만에 방에 들어선 루델은 움직이지 못했다.

"키네님!"

키트리네가 날아와 품에 달라붙었기 때문이다.

"어이, 왜 이래?"

루델은 황당한 표정으로 그녀를 떼어내려고 했지만 그녀는 더욱 품에 얼굴을 묻을 뿐이었다.

"이거야 시어머니의 기분을 좀 알겠구나."

여왕이 키트리네를 흘겨보았지만 그녀는 결코 떨어지지 않았다.

"그래, 별일없었니?"

"당연히 별일없었죠."

루델이 어깨를 으쓱이며 대답하자 여왕은 뚱한 표정을 지었다.

"그런 것치고는 꼴이 말이 아니구나?"

"누구랑 똑같은 말을 하시네요."

"누구? 아아~"

의아해하던 여왕은 세란을 쳐다보며 피식 웃었다.

"하여간 할아버지처럼 굴지 좀 말거라."

"알았어요, 어머니."

고개를 끄덕이며 루델은 아직도 붙어 있는 키트리네를 번쩍 들어 올렸다.

"매미냐? 왜 이리 달라붙는 거야?"

그러나 그는 입을 다물 수밖에 없었다. 키트리네는 얼굴이 눈물 범벅이 되어 소리없이 훌쩍이고 있었던 것이다.

"세란!"

"예!"

세란은 잔잔한 미소로 키트리네를 받아 들었다.

"궂은일은 항상 우리 차지군."

나무 위에 몸을 숨긴 채 테일러가 투덜댔다.

"언제는 안 그랬냐?"

미크론은 건빵을 씹으며 핀잔을 주었다.

반란군 본거지에 대한 기습은 착실히 준비되고 있었다. 수도에 있던 반란군 중에 도망친 자가 없었기 때문인지 적들은 별다른 반응을 보이지 않았다.

"그런데 내가 말했던 건 어떻게 되었냐?"

미크론은 어둠 속에서 몸을 감추고 있는 하운드 공작을 쳐다보며 물었다.

"나는 밀키를 믿어. 그리고 황소 부족은 이번 반란에 참여하지 않았잖아?"

"그랬나?"

테일러의 대답에 미크론은 고개를 끄덕였다.

세란이 미크론에게 알아보라고 한 것이 바로 테일러와 자신의 아내에 대한 것이었다. 그녀들 역시 인간이 아니었기에 이번 반란의 포섭 대상이 되었을 것이 분명했다.

"마리에는?"

테일러는 조심스레 물었다.

"글쎄. 확신하지 못하겠어."

"그냥 믿어주는 게 어때?"

미크론은 대답하지 않았다. 자신이야 당연히 마리에를 믿고 싶었다. 사랑하는 아내이니 당연한 일이었다. 그러나 그녀는 이미 자신을 한 번 속인 경력이 있었다.

"그럼 모른 척하던가."

테일러는 퉁명스럽게 말했다.

"그럴 수는 없지. 이건 서로 간의 신뢰 문제니까."

"너도 참 힘들게 산다."

미크론은 소리없이 웃었다.

"내가?"

"아니냐?"

평소라면 테일러의 말이 와 닿았을 터였다. 그러나 오늘은 그렇지 못했다.

"진짜 힘들게 사는 사람은 따로 있어."

허탈한 대답에 테일러는 고개를 갸웃거릴 뿐이었다.

"잘 지냈나?"

"예? 예……."

루델의 등을 멍하니 쳐다보고 있던 올리비아는 말을 더듬었다.

"왜 그래? 구박이라도 받았어?"

"아닙니다!"

자신도 모르게 목소리를 높인 올리비아는 얼굴을 붉히며 고개를 숙였다.

'어째서 내가…….'

세란이 키트리네를 씻기러 가버리는 바람에 루델의 목욕 시중은 올리비아 몫이 되었다. 여왕은 잘해보라며 어깨를 두드렸지만 그녀에겐 절대로 응원의 말로 들리지 않았다.

"그럼 뭐야?"

여전히 퉁명스런 표정으로 루델이 몸을 돌리자 올리비아의 얼굴이 새빨갛게 물들었다.

"오호라. 생각해 보니 이거 불공평하네? 너는 왜 욕실에서 옷을 벗지 않는 거야?"

"그, 그건……."

말을 더듬는 그녀를 빤히 올려다보며 그는 피식 웃었다.

"하긴, 척 봐도 없어 보이긴 한다만. 주제에 공주님이라 이건가?"

"그건 아니거든요?"

"그럼 증명해 보던가."

올리비아는 화를 내며 목소리를 높였다.

"벗을게요. 벗어서 보여 드리면 되는 거죠?"

"필요없어."

루델의 퉁명스러운 대답에 올리비아는 주먹을 부르르 떨었다.

"하여간! 씻겨 드리겠습니다!"

선언하듯 소리친 그녀는 그의 팔을 거칠게 움켜잡았다.

피곤한 몸을 이끌고 방에 들어온 세란은 침대 위에 엎어져 있는 올리비아를 발견했다.

"일찍 왔네?"

"네에."

돌아보지도 않고 침대에 얼굴을 묻고 있는 올리비아를 의아한 눈으로 쳐다보던 세란은 음흉한 미소를 지었다.

"그래, 왕자님 몸은 어땠어?"

"제, 제대로 못 봤어요."

"그래? 나는 너무 많이 봐서 이제는 봐도 두근거리지 않던데."

"……."

올리비아는 대답하지 않았다.

화가 나서 빨리 씻기긴 했지만 사실 볼 건 다 본 그녀였다. 문제는 화가 나서 제대로 신경 쓰지 못하다가 진정하고 나서 오히려 더 의식하게 되었다는 사실이었다.

올리비아가 침대에 얼굴을 파묻고 있는 이유도 그것이었다. 도저히 얼굴의 열기를 가라앉힐 수 없었던 것이다.

"하지만 가슴에 있는 일곱 개의 점은 매력적이지."

세란의 말에 올리비아는 움찔했다. 왕자의 가슴에는 흉터는 많았어도 점 같은 것들은 없었다.

"아쉽네, 좋은 기회를 놓쳐서."

아쉬워하는 세란의 말에 올리비아는 다시 한 번 기억을 더듬었지만 역시 그런 건 기억나지 않았다.

"그런 건 없던데요."

"……."

"모, 못 봤어요!"

올리비아는 거의 울 듯한 목소리로 말했다. 세란은 부드러운 미소를 지으며 그녀에게 다가갔다.

"당했구나?"

"우……."

머리를 쓰다듬는 손길에 고개를 든 올리비아는 눈물을 머금으며 세란의 품에 안겼다.

"너무하신다고요."

"하지만 그게 왕자님인걸."

"예?"

세란은 올리비아를 다독이며 말을 이었다.

"화가 나서 쓸데없는 걸 잊어버리게 되지. 나중에 생각해 보면 왜 그랬을까 하는 생각도 들지만, 어쨌든 그때는 고민 따윈 잊을 수 있어서 좋아."

올리비아는 자신도 모르게 고개를 끄덕였다. 세란의 말대로였다. 왕자의 놀림에 화를 내지 않았다면 아마 지금까지 욕실에서 머뭇거리고 있을지도 모를 일이었다.

물론 시간이 지난 지금에 와서는 말할 수 없을 정도로 부끄러웠지만 그때는 마음 편하게 할 일을 할 수 있었던 것이었다.

"그런데 다른 건 못 봤어?"

"몰라요."

올리비아는 자꾸만 얼굴이 뜨거워져서 도저히 떠올릴 수 없었다.

"다음에는 확실히 기억해 둬. 잊어버리지 않게."

부끄러워하는 그녀를 사랑스럽게 끌어안으며 세란은 미소 지었다.

미크론이 저택에 돌아간 시간은 이른 새벽이었다.

"오셨어요?"

"아직 안 잤어?"

마리에는 조용히 미소 지으며 고개를 끄덕였다.

"잠이 잘 안 와서요."

"무슨 걱정이라도 있어?"

그녀는 미크론을 빤히 쳐다보았다.

"당신이 싸우러 갔는데, 잠이 올 리가 있겠어요?"

"감히 누가 나를 해치겠어?"

거만한 미크론의 대답에 마리에는 고개를 저었다.

"그러다가 정말 큰일 난다고요. 도대체 공작이나 되는 사람이 직접 전장에 나서는 이유가 뭐예요?"

"나만 그런 게 아니잖아."

마리에는 원망스런 표정을 지었다.

하운드 공작이 직접 전장에 나서는 것을 알고 있었지만, 그렇다고 미크론까지 직접 나설 필요는 없다고 생각했던 것이다.

"걱정하지 마. 혼자 두진 않을 테니."

미크론이 살며시 이마에 입을 맞추었지만 마리에는 눈살을 찌푸렸다.

"어휴 피 냄새, 목욕하실래요?"

"이 시간에?"

"제가 씻겨 드릴게요."

마리에의 부드러운 미소에 미크론은 어색하게 머리를 긁적였다.

"오랜만에 그럴까?"

"준비할게요."

마리에가 방 밖으로 나가자 미크론의 표정이 가라앉았다.

"……."

품에서 꺼낸 조그만 쪽지. 그것은 미크론이 반란군의 본거지에서 몰래 빼돌린 것이었다.

"후."

잠시 그것을 내려다보던 그는 한숨을 내쉬었다. 쪽지에 새겨진 글씨는 미크론에겐 너무나도 익숙한 것이었다. 바로 마리에의 글씨체였던 것이다.

"어렵구나."

촛불에 쪽지를 태우며 미크론은 고개를 저었다.

그나마 다행인 것은 쪽지에 적힌 내용이 전부 거짓이라는 것이었다. 물론 사실이었다고 해도 반란군에겐 아무 도움도 되지 않는 내용들뿐이었지만.

"후후."

왠지 모를 자괴감에 미크론은 헛웃음을 흘렸다.

사랑하는 남편과 동족 사이에서의 고민. 마리에는 결국 자신을 선택했다.

"준비됐어요."

미크론은 돌아온 마리에를 번쩍 안아 들었다.

"어머, 왜 이래요?"

놀라는 그녀를 사랑스럽게 안아 들며 그는 욕실로 걸음을 옮겼다.

“아이를 하나 더 가져볼까?”

“예?”

“전하께서 줄줄이 딸이라고 놀리시잖아.”

마리에는 얼굴을 붉히며 입술을 내밀었다.

“또 딸이어도 저는 몰라요.”

“아무렴 어때. 어쨌든 우리 아이들인걸.”

뿌연 수증기로 가득한 욕실로 들어서며 미크론은 입을 맞추었다.

Chapter 4
드리워진 음모의 손길

REGIS

❋반란은 시작도 전에 진압되었다.

회색 오크의 대족장 툼바는 자신을 따돌리던 이들이 모두 죽자 그 틈을 타 대평원 내의 여러 종족을 장악하고 자신의 입지를 굳혀 버렸다.

"빈집은 잘 터네."

"칭찬으로 듣겠다."

루델이 빈정댔지만 그는 무뚝뚝하게 고개를 끄덕일 뿐이었다.

툼바의 영역에서 도망친 자들은 각각 북쪽과 서쪽의 엘프 숲 근처에서 은신 중이었다. 이미 소재를 파악한 여왕은 그들을 어떻게 처리할까 고민하고 있었다.

"그래서 제가 온 거죠."

"뻔뻔하기는!"

리디아가 싱그러운 미소로 루델 옆에 앉자 세란이 꼬리를 세웠다.

"저는 그래도 현명한 판단을 한 거라고요. 그쵸?"

"그건 그래."

"에헤헤."

루델의 칭찬에 헤프게 웃던 리디아는 이어지는 말에 삐죽 입술을 내밀었다.

"괘씸하긴 하지만."

세란이 키득거렸지만 리디아는 별수없었다. 그걸 본 여왕이 고개를 저으며 말했다.

"하여간 문제는 아직 남아 있는 강경파들인데, 어떻게 해야 잘했다고 소문이 날까?"

"소문나서 뭐 하시려고요?"

"애 좀 봐. 여왕이 올바른 정책을 시행했다고 소문이 나봐라. 다들 나를 어떻게 보겠니?"

올리비아는 인상을 쓰며 이마를 짚는 루델을 이해할 수 있을 것 같았다. 국가 정책이 결정되는 국왕의 집무실이라고 생각하기 어려운 자유로운 분위기. 처음에는 품위없고 시끄럽다고 생각하던 그녀였지만 이젠 오히려 즐기고 있었다.

“크흠. 일단 몰살은 자제하는 편이 좋겠습니다.”

하운드 공작이 헛기침을 하며 말하자 들뜬 분위기가 조금 가라앉았다.

“그것은 나도 동의한다.”

툼바 역시 같은 의견이었다. 그도 피에 의한 통합보다는 상호 이해를 통한 통합을 바라고 있었기 때문이다.

“똑똑한 오크 씨. 그럼 해결책을 내놓던가.”

“그들은 호전적인 성향을 버리지 못할 것이다.”

잠시 생각하던 툼바는 그렇게 말을 시작했다.

“싸우고 싸우고 싸운다. 어쩔 수 없는 본능인가?”

루델의 말에 툼바는 고개를 끄덕이며 말을 이었다.

“그들에게 필요한 것은 끊임없이 싸울 수 있는 장소다.”

“그러다가 또 타락한 자들이 나타나면 어쩌려고?”

“문제는 그것이다만.”

모두 생각에 잠겼다.

끊임없이 싸울 수 있는 장소. 예전 대평원이 바로 그런 장소였다. 그러나 지금은 잃어버린 대지가 들어서 있었기 때문에 함부로 싸울 수 없는 장소가 되어버렸다.

올리비아도 생각에 잠겨 있었다. 끊임없이 싸울 수 있는 장소. 문득 든 생각에 그녀는 입을 열었다.

“저…….”

“왜 그러죠, 올리비아 공주?”

여왕이 묻자 그녀는 눈치를 살피며 말했다.

"반드시 서로 싸울 필요는 없는 건가요?"

"그렇다."

"그럼……."

"답답하게 뜸 들이지 말고 할 말은 자신있게 해!"

지켜보고 있던 루델이 퉁명스레 목소리를 높이자 올리비아는 주먹을 꼭 쥐며 말을 이었다.

"북쪽의 사렌 산맥 너머는 어떨까요?"

"영구 동토?"

그녀의 말에 루델이 얼굴을 찡그렸다.

"너 이 나라를 멸망시키려고 온 거냐?"

"예?"

"쓸데없이 마족을 왜 건드려?"

"에헤헤, 그렇겠죠?"

어색한 미소로 묻자 루델은 짜증을 내며 고개를 돌렸다.

"그럼 그렇지."

올리비아는 순간 울컥했다.

"그럼 다른 의견이 있어요."

"뭔데?"

루델의 눈치를 살피며 올리비아는 조심스레 대답했다.

"저희 나라를 도와주시면 안 될까요?"

올리비아의 의견은 반란군들을 포섭해서 남포트란에 용병

으로 투입하자는 것이었다.

"하지만 맹약이……."

"아니야. 어차피 맹약이 깨졌다는 소문이 퍼지는 것은 시간문제야. 차라리 이참에 우리 힘을 조금 보여주는 것도 괜찮겠지."

세란은 조심스러운 입장이었지만 루델은 개의치 않았다.

"전하 말씀이 맞다. 다만 너무 드러내는 것은 곤란하니 일단 용병이라고 둘러대는 편이 좋겠지."

하운드 공작도 그 의견에 찬성했다.

"그런데 그쪽 전황은 어떻게 돌아가고 있는 거죠?"

루델의 질문에 공작은 고개를 저었다. 아직까지 레일리아에게서 소식이 오지 않았던 것이다.

"괜찮을는지……."

"아마 괜찮을 거예요."

걱정하는 두 사람을 쳐다보며 루델은 고개를 끄덕였다.

며칠간 휴가를 받았던 미크론은 오랜만에 루델을 만나고 있었다.

"그래서 내게 이걸 알려주는 이유는 뭐야?"

루델은 차가운 시선으로 미크론을 노려보았다.

"그 비밀은 저보다 전하께 어울릴 겁니다."

"……."

손에 들린 문서에는 세란에 대해 자세하게 기록되어 있었다. 세란은 미크론에게 끝까지 비밀을 지켜줄 것을 당부했지만, 미크론은 그럴 수 없었다.

"알고 있는 사람은?"

"저와 전하뿐입니다."

"쓸데없는 짓을 했군."

루델은 얼굴을 찡그리며 문서를 불태웠다.

"솔직히 의외였습니다."

"뭐가?"

"세란이 부모까지 저버리고 우리를 위할 줄은 생각지도 못했습니다. 마지막까지만 해도 그들을 설득하려는 줄 알았는데, 설마 처음부터 죽일 생각이었을 줄은……."

재가 되어가는 종이를 내려다보며 루델이 물었다.

"그래서 내가 어떻게 했으면 좋겠어?"

"기억해 주시기만 하면 됩니다. 세란이 혈육과 동족까지 저버리고 전하를 선택했다는 사실을. 그것만 기억해 주시기만 하면 됩니다."

"……."

루델은 말없이 미크론을 노려볼 뿐, 아무런 대답도 하지 않았다.

"그럼 돌아가 보겠습니다."

미크론이 경례를 붙이고 집무실을 나가자 루델은 조용히

한숨을 내쉬었다.

"기억해 주기만 하라는 거냐?"

창밖을 바라보며 그는 쓴웃음을 지었다.

"알면서 모른 척하기가 더 어렵잖아, 이 멍청아."

"루~"

여왕은 잔뜩 인상을 쓰며 키트리네를 노려보았다. 방에 들어서는 루델에게 날아가서 안겨드는 그녀가 마음에 들지 않았던 것이다.

"날개는 장식인 줄 알았더니."

"이 매미가!"

루델은 매달리는 키트리네를 떼어내려 애썼지만 쉽게 떨어지지 않았다.

"우웅, 싫어어~"

결국 참다못한 여왕이 핏대를 세우며 입을 열었다.

"키네님!"

"왜?"

"지켜보는 우리도 좀 생각해 주시지 않겠어요?"

이해하지 못하겠다는 듯 고개를 기울이는 그녀에게 여왕은 한탄하듯 말을 이었다.

"제발 평소처럼 하라고요. 드래곤이시잖아요, 드래곤!"

"이젠 아니잖아."

“……..”

분명 틀린 말은 아니었다. 하지만 괴로운 것은 괴로운 것이었다. 물론 여왕은 키트리네가 변해 버린 계기를 잘 알고 있었다.

루델이 실종되고 나서 그녀가 자신의 무력함에 얼마나 괴로워했는지 보았던 것이다. 그러나 머리로는 이해했다고 해도 마음은 쉽게 이해하지 못했다.

“마음대로 하세요!”

결국 여왕은 화를 내며 나가 버렸다.

“삐쳤나 봐.”

그것을 지켜보던 세란과 올리비아는 설레설레 고개를 저었다. 키트리네의 지금 모습은 영락없는 어린아이였다.

“아이고, 마음대로 해라.”

루델 역시 고개를 저으며 한숨을 내쉴 뿐이었다.

세란과 올리비아까지 나가고 둘만 남자 왕자는 품에서 붉은빛이 도는 투명한 보석을 꺼냈다.

“알아보겠어?”

보석을 받아 든 키트리네의 얼굴엔 의심이 어렸다.

“이것은……..”

“잃어버린 대지 안쪽엔 이 보석들만 가득하더라.”

키트리네는 침을 삼키며 보석을 살펴보았다. 그녀의 주먹만 한 보석은 얼핏 보면 수정으로 착각할 정도로 육각형을 띠고 있었다.

"드래곤하트?"

"무슨 소리야?"

"드래곤하트와 비슷한 느낌이야. 확실히 드래곤하트는 아니지만 마력을 뿜어내고 있는 건 같거든."

루델의 얼굴에 이채가 어렸다.

"마력을 뿜어낸다고? 그럼, 써먹을 수도 있겠네?"

다소 희망적인 말에 키트리네는 고개를 저었다.

"드래곤하트는 드래곤만이 다룰 수 있어. 다른 종족은 불가능해. 물론 이것은 드래곤하트가 아니지만, 특성은 비슷해. 아마 드래곤이 아니면 다루기 힘들 거야."

"그럼 어디 한번 해봐."

키트리네는 고개를 끄덕이며 눈을 감았다.

그녀의 손에 들린 보석이 은은한 빛을 머금기 시작했다. 심장 소리처럼 규칙적으로 반짝이는 보석은 곧 가느다란 빛의 실을 내뿜었다.

나비가 되려는 애벌레의 고치처럼 빛의 실은 키트리네의 주위를 감쌌다. 그러나 빛의 고치는 완성되지 못했다. 결정적인 순간에 빛의 실들이 모두 사라지고 말았던 것이다.

"역시, 특성은 드래곤하트와 비슷해. 짧은 시간 동안 제어가 가능하긴 하지만, 드래곤이 아니면 확실히 다루긴 어려울 거야."

그 말에 루델이 고개를 갸웃거렸다.

"넌 드래곤이잖아. 그런데 제어를 못한다는 거야?"

"드래곤하트는 존재에 반응한다기보다는 육체에 반응하는 물건이거든. 나처럼 다른 육체를 빌린 상태에서는 사용할 수 없어. 드래곤들은 다른 생물의 몸을 빌리고 있을 때 본체에서 생성된 마력을 전송받거든."

"애써 가지고 나온 보람이 없네."

루델은 툴툴댔지만 키트리네는 보석에서 눈을 떼지 못했다. 드래곤하트가 아니라고는 하지만 현재 그녀에게 있어서는 드래곤하트 이상으로 절실했던 것이다.

"루~?"

"뭐야 갑자기? 소름 돋게."

루델은 손가락을 꼬물대며 콧소리를 내는 키트리네를 징그러운 눈으로 쳐다보았다.

"어디 아파?"

루델의 핀잔에 잠시 뚱한 표정을 짓던 그녀는 손에 들린 보석을 쳐다보며 우물거렸다. 그제야 루델은 음흉한 미소를 지었다.

"다시 가져다 놓을까?"

"왜?"

키트리네의 표정이 다급해졌다.

"밖에 돌아다니면 안 되는 물건이잖아."

루델은 그렇게 대답하며 그녀의 손에 들린 보석을 빼앗았다. 빼앗긴 보석을 바라보던 키트리네는 루델의 눈치를 살피며 조심스레 물었다.

"아, 안 될까?"

그러나 루델은 평소처럼 퉁명스레 되물을 뿐이었다.

"뭘?"

"그 보석, 내게 주면… 아, 안 될까?"

결국 키트리네는 고개를 숙였다. 귀까지 빨갛게 달아오른 그녀를 내려다보는 루델의 얼굴에 장난기가 어렸다.

"뭐 그러던가."

귀찮은 듯한 표정으로 보석을 슬쩍 던져 준 루델은 하품을 하며 자리에서 일어났다.

"나는 세란이나 만나러 가야겠다."

그렇게 루델이 나가 버리자 키트리네는 침대 위에 놓인 보석을 품으며 조용히 눈을 감았다.

"고마워."

툼바는 남아 있는 강경파들을 제압하러 수도를 떠났다. 미크론은 그를 배웅하며 엘프의 동향을 조사해 줄 것을 부탁했지만, 확답을 듣지는 못했다.

"아직 꺼릴 수밖에 없어요."

리디아는 미크론에게 이유를 설명했다.

"엘프는 아직까지 여러 종족에게 영향력을 행사하고 있으니까요. 아무리 인간들의 지배하에 들어갔다지만 아직까지 그런 감정은 남아 있을 거예요."

"언제까지 그럴 수는 없습니다."

그러나 미크론은 그것을 용납할 수 없었다.

"알고 있어요. 그렇지만 성급하게 움직이면 안 돼요."

"지금은 그게 중요한 게 아닐세."

서로 주장을 굽히지 않는 둘을 쳐다보며 하운드 공작이 입을 열었다.

"며칠 후면 포트란 왕국에 파견한 밀정이 돌아올 것이야. 그렇다면 그쪽 상황도 파악이 가능해지겠지. 그리고 적어도 한 달 내에 용병단을 파견할 수 있어야 하네."

"시간이 모자라지 않겠습니까?"

공작은 고개를 저었다. 촉박하긴 했지만 그렇다고 미루기는 어려웠다. 포트란 왕국의 정세를 알지 못했지만, 그는 그리 좋은 상황은 아닐 것이라고 생각했던 것이다.

"게펠 왕자는 결코 만만한 인물이 아니야. 잘해야 전선이 교착된 상황이겠지."

"전선의 교착이라."

미크론은 고개를 끄덕였다. 전선이 교착되는 것은 피시스 왕국도 바라지 않는 일이었다.

포트란 북부는 게펠 왕자의 전력을 소모시켜 주고 사라지는 편이 좋았다. 쓸데없이 시간만 끌어봐야 피시스 왕국에게 이로울 게 없었다.

"만일 반란군을 설득하지 못하면 어떻게 됩니까?"

"별수있나. 지원병을 모집해야지."

공작은 호전적인 성향이 강한 종족 중에서 지원병을 뽑을 생각이었다.

"쓸 만한 전력이 모이겠습니까?"

"안정된 생활에 불만을 가진 자들은 충분히 모이겠죠."

리디아가 공작 대신 대답했다.

수인족이나 아인족 중에 호전적인 이들은 얼마든지 있었다. 리디아는 그들 중 대부분이 안정된 생활을 달갑게 생각하지 않는다는 사실을 잘 알고 있었다.

"문제는 다른 숲의 엘프예요."

공작과 미크론은 말을 꺼낸 리디아를 쳐다보았다.

"대장로는 그들과 완전히 등을 돌린 것이오?"

리디아는 공작의 질문에 고개를 저었다.

"아직 통보받지는 못했어요. 하지만 이런 쪽으로는 대응이 빠른 이들이니 조만간 통보하겠죠."

"괜찮겠습니까?"

미크론은 여전히 걱정을 떨쳐 내지 못했다. 마리에의 일도 있었고 리디아가 이번 반란 때 중립을 지킨 것 때문에 그녀에 대한 신뢰가 많이 떨어져 있었다.

"이 결정은 장로들이 내린 거예요."

"예?"

"실은 대장로를 그만둘 생각이었거든요."

리디아는 담담하게 미소 지었다. 미크론은 직감적으로 그녀의 생각을 알아차렸다.

"일족들은 저를 놔줄 마음이 없나 봐요."

"그렇습니까?"

"하여간 남쪽 숲의 엘프는 다른 숲의 엘프에게 외면당할 거예요."

하운드 공작은 굳은 표정으로 고개를 저었다.

"고립되겠군."

"엘프 사이에서는 그렇겠죠. 하지만 상관없어요."

리디아는 입꼬리를 말아 올렸다.

"최후에 고립되는 것은 오히려 그들일 테니까요."

"키네님 못 보셨어요?"

세란의 물음에 루델은 고개를 기울였다.

"방에 없어?"

"안 계시던데요. 레이아 공주님도 못 보셨다고 하고. 올리비아도 그렇고."

그제야 루델은 손으로 이마를 짚었다.

“망할.”

“왜요?”

“아주 가출을 밥 먹듯이 하는구만?”

“이를테면, 정화 정책이라는 거죠.”

루델의 말에 하운드 공작은 떨떠름한 표정을 지었다. 틀린 말은 아니었지만 묘하게 어감이 안 좋은 말이었다.

“조금 기분 나쁜 말인데요.”

리디아가 먼저 반응을 보였다.

“왜?”

“너무 물건 취급하듯 말하시잖아요.”

리디아의 투덜거림에 루델이 미소 지었다.

“내가 언제는 안 그랬어?”

“치잇.”

“하여간 이런 식으로 호전적인 이들을 추려내다 보면 몇 세대 후에는 성향이 온순하게 바뀌겠지.”

루델의 설명에 공작과 리디아는 고개를 끄덕였다. 확실히 일리있는 말이었다. 툼바가 제대로 설득해 주어야 한다는 조건이 붙긴 했지만.

“뭐, 덕분에 게펠을 괴롭힐 거리가 생겼네.”

“라이벌치고는 등급이 떨어지는 거 아니에요?”

리디아가 뚱한 얼굴로 물었다. 포트란 국왕의 장례식 때 본 게펠은 그렇게 유능해 보이지 않았다.

"좀 바보 같던데."

"그래?"

"분명히 겉만 번드르르할 거라고요."

리디아가 적의를 불태우자 하운드 공작은 고개를 저었다.

"전황은 그리 좋은 편이 아닙니다."

품에서 레일리아의 편지를 꺼내며 공작은 눈매를 좁혔다.

"그동안 전선은 교착상태에 있었다고 합니다."

"예상대로군요."

"예."

공작은 고개를 끄덕이며 편지를 건넸다.

얼마간의 전선 교착은 포트란 북부의 전력이 강해서가 아니었다. 게펠 왕자가 쓸데없는 전력 손실을 피하고자 숨을 고르고 있었을 뿐이었다.

태세를 정비한 게펠 왕자는 한 달 전부터 적극적인 공세에 들어갔다. 그리고 순식간에 북부의 절반을 점령했다. 남은 북부 귀족들은 위기감에 연합을 더욱 공고히 했다.

"이제부터 시작이군요."

"예. 조만간 레일리아가 직접 군대를 이끌고 북부를 공격할 겁니다."

레일리아는 복수뿐만 아니라 영토 확장도 노리고 있었다.

"그래서 한 달 내에 용병을 모아야 한다고 하셨군요."

"그렇소."

리디아의 말에 공작은 고개를 끄덕였다.

키트리네가 돌아온 것은 열흘 후였다.

"흐응~"

여왕은 거울에 이리저리 몸을 비춰보는 키트리네를 쳐다
보고 있었다.

돌아온 키트리네는 변해 있었다.

키가 조금 줄어들었고 머리카락과 날개가 다소 붉은빛을
띠었다. 피부도 그런 경향을 보였지만, 원래 갈색이었기 때문
에 그렇게 티가 나지는 않았다.

"키네. 이것도, 이것도."

한동안 공부 때문에 틈이 나지 않았던 레이아 공주는 오랜
만에 신이 나 있었다. 벌써 열세 살이 된 그녀에게 키트리네
는 가슴께도 오지 않았다.

마치 동생이 생긴 듯한 느낌이었다.

"어때?"

"귀여워!"

프릴이 잔뜩 달린 드레스를 입고 자신을 올려다보는 키트
리네를 꼭 껴안으며 레이아는 어쩔 줄 몰라 했다.

"뭔가 요사스러워진 것 같기도 하고……."

시끄러운 둘을 쳐다보며 세란이 중얼거리자 여왕이 짜증

을 냈다.

"아무래도 좋으니까 좀 말려보지 않으련?"

"이미 말려본걸요."

여왕과 세란의 한숨이 깊어졌다.

"속 썩이는 딸이 하나 더 늘었네요."

종이에 뭔가 열심히 적던 루델이 웃자 여왕은 핏대를 세웠다.

"너 때문이잖니."

"그래요?"

"하여간 누굴 닮아서 저러는 건지."

여왕이 툴툴거렸지만 루델은 미소 지을 뿐이었다.

올리비아는 루델 곁에서 문서를 추리고 있었다. 그가 쓴 글씨는 모두 생소한 문자라서 그녀가 알아볼 수 있는 것은 페이지를 기록한 숫자뿐이었다.

내용을 알고 싶어도 알 수가 없었으니 올리비아는 호기심만 더해갔다. 일종의 정신적 괴롭힘이랄까. 올리비아는 그렇게 생각했다.

"키네, 누님은 아직이야?"

"응!"

명랑하게 대답하며 키트리네는 루델에게 뛰어왔다.

"아직 못 찾았어. 그보다 이거 어때?"

"……"

키트리네는 이것저것 주렁주렁 매달린 지극히 레이아 공주의 취향이 들어간 옷을 입고 그를 올려다보았다.

잔뜩 기대에 찬 모습에 모두 고개를 저었지만 루델은 게슴츠레한 눈으로 아무렇지도 않게 대답했다.

"예뻐."

"정말?"

"응."

"정말정말?"

"그렇다니까."

"에헤헤."

뭔가 기쁜 듯 배시시 웃는 그녀를 쳐다보던 루델은 다시 글씨를 끄적이며 지나가듯 덧붙였다.

"그래 봐야 할미꽃이지만."

순간 모두는 키트리네의 머리카락이 붉게 물드는 것 같은 환상을 보았다.

'운다!'

부르르 떠는 키트리네의 모습에 모두가 마음속으로 그렇게 외쳤다.

"다른 걸 입어보자!"

급히 키트리네의 손을 잡아끌며 레이아는 루델을 흘겨보았다.

“사용하지 못한다고 하지 않았어?”

루델의 질문에 키트리네는 고개를 끄덕였다.

“응. 완벽히 사용하진 못해.”

키트리네는 굳은 표정으로 드레스 앞섶 단추를 풀었다.

“그래서 조금 변칙적인 방법을 쓰긴 했는데.”

“뭐 하는 거야?”

루델은 드레스 앞섶을 풀어헤치는 그녀를 황당한 표정으로 쳐다보았다. 그러나 키트리네는 개의치 않고 완전히 가슴을 드러냈다.

“보여?”

키트리네의 말에 루델은 눈매를 좁혔다. 보이긴 확실히 보였다.

“볼품없는 가슴 내밀어봐야 하나도 안 기뻐.”

“그거 말고!”

옷섶을 더 풀어헤치며 키트리네가 눈을 치켜떴다. 그제야 루델은 앙증맞은 가슴 사이에 남아 있는 붉은 흉터를 볼 수 있었다.

“무슨 짓을 한 거야?”

“억지로 몸에 심었어.”

“뭐?”

“아주 조금씩이지만 제어는 가능하니까, 천천히 보석을 몸에 동화시켜 보려고.”

루델은 한숨을 내쉬며 그녀에게 다가갔다. 그리고 조심스러운 손길로 단추를 여미어주었다.

"정말 너무 무리하는 거 아니야?"

"괜찮아. 조금, 아프지만."

키트리네는 이마를 두들기며 나무라는 루델에게 억지로 웃어 보였다.

"그래서 힘을 되찾긴 한 거냐?"

"육체가 마력을 다루기 알맞게 변한 거 같긴 한데……."

키트리네는 허공을 향해 손을 뻗었다.

불규칙하게 분포된 마력이 그녀의 의지를 따라 하나의 흐름을 만들어냈다. 루델의 눈에는 보이지 않았지만 키트리네는 확실히 그것을 보고 있었다.

"마력을 제어하는 일은 예전보다 쉬워졌어."

"그럼 예전만큼 힘을 되찾은 거야?"

키트리네는 고개를 저었다.

"많은 마력을 소모하는 강력한 마법들은 그만큼 큰 반발을 일으켜. 드래곤의 육체가 강한 이유도 그걸 견디기 위해서야. 하지만 지금은……."

"한계가 있다는 말이군."

"응. 마력을 다루는 능력은 원래 몸보다 훨씬 좋아. 하지만 반발력을 얼마나 견딜지는 알 수 없어."

"그래도, 어느 정도 힘은 찾은 거네."

루델의 말에 키트리네는 배시시 웃으며 안겨들었다.

"고마워, 루."

"됐으니까 누님이나 찾아봐."

키트리네는 뚱한 표정으로 입술을 내밀었다.

"언제까지 세크레타라는 인간을 찾아다닐 거야? 대평원 의 그 구덩이는 강력한 정화 마법의 결과야. 그런 마법을 사용했 다간……."

"알고 있어!"

그녀의 투정에 루델은 목소리를 높였다.

"그래도 찾아."

하운드 공작과 미크론은 툼바를 만나러 대평원으로 떠났 다. 루델은 꼭 그럴 필요가 있겠냐는 입장이었지만, 여왕은 적극적이었다.

계획대로만 된다면 서쪽과 북쪽의 엘프 말고는 내분을 일 으킬 존재들이 없어지기 때문이었다.

"포트란에서 연락이 왔구나."

집무실을 정리하던 올리비아는 여왕의 말에 고개를 돌렸 다가 루델과 눈이 마주치고 말았다.

씨익, 하얀 이를 드러내며 심술궂은 미소를 짓는 루델. 그 는 올리비아가 관심을 가지리라 예상하고 미리 기다리고 있 었던 것이다.

“그렇네요.”

심드렁하게 대답하는 루델의 미소를 피하며 올리비아는 얼굴을 붉혔다.

그것을 여왕이 못 봤을 리 없었다.

“레일리아 언니는 용병을 지원해 준다는 말에 긍정적이구나. 조만간 적극적인 공세를 펼치겠다고 하니 우리도 최대한 빨리 지원해 주는 게 좋지 않을까 한다만.”

말을 멈춘 여왕은 힐끗힐끗 쳐다보며 눈치를 살피는 올리비아를 돌아보았다.

“공주 생각은 어때요?”

“예? 무슨 말씀이신지…….”

“아닌 척하지 말고 이리 와서 앉아봐요.”

올리비아는 어색한 자세로 여왕 앞에 앉았다. 여왕은 여전히 불량한 태도의 루델을 흘겨보고는 부드러운 미소로 말을 이었다.

“그래, 공주는 어떻게 생각하죠?”

“어느 사안을 말하시는 건지 잘 모르겠습니다.”

“레일리아 언니는 북부에 대한 적극적인 공세를 시작할 생각인 거 같더군요. 루델이 멋대로 밀약을 맺어서 우리는 대놓고 도울 수 없어요.”

올리비아는 고민했다.

그것은 자신이 피시스 왕국으로 넘어오기 전에 길트 공작과 논의했던 내용이었다. 실현 가능성이 적어 포기해 버렸지만, 지금은 상황이 달랐다.

"남부와 북부는 현재 완전히 다른 나라라고 생각해도 좋을 지경입니다."

"그런가요."

"예. 그래서 저는 북부를 칠 생각이었습니다."

여왕은 올리비아의 대답에 고개를 끄덕였다. 그녀가 무엇을 생각하고 있었는지 짐작이 갔다.

"최대한 북부를 남부로 편입해서 게펠 녀석에게 어거지라도 부려볼 생각이었군."

"예."

허공을 올려다보며 이리저리 머리를 굴리던 루델은 곧 피식 웃으며 말을 이었다.

"그럴려면 차라리 북부 귀족들을 설득하는 편이 낫지 않아? 게펠에게 한창 밀릴 때, 그래, 바로 지금 같은 시기에 설득하면 좀 더 쉽게 편입시킬 수 있었을 텐데."

올리비아도 그 생각을 해보지 않은 것은 아니었다. 그러나 그녀는 그렇게 하지 않았다.

"한번 등을 돌린 이들을 다시 받아들일 아량은 제게 없으니까요."

"보기보단 냉정한데?"

"군주는 때론 비정해야 한다고 배웠는걸요."

루델의 얼굴에서 웃음기가 사라졌다.

"가능성은 있다고 생각해?"

"주인님께서 도와주신다면 충분히 가능하겠죠."

올리비아는 조심스럽게 그의 눈치를 살폈다.

"그건 계약 내용에 없잖아. 난 남부만 지켜주면 그만인 거 아냐?"

부정적인 대답에 여왕은 마음속으로 고개를 저었다. 이미 용병단까지 조직하고 있는 마당에 그런 말은 그저 겉치레에 불과했다.

"……."

올리비아는 고민했다. 어떻게 해야 루델의 마음을 돌릴 수 있을까. 여왕은 얼굴을 붉히며 왕자를 물끄러미 쳐다보는 올리비아의 모습에 뚱한 얼굴로 자리에서 일어났다.

"어디 가세요?"

"바빠!"

눈치없는 루델을 흘겨보며 여왕은 걸음을 옮겼다.

"그래서 북부를 차지하는 걸 게펠이 그냥 두리라고 생각하나?"

여왕이 나가자 루델은 갑자기 태도를 바꾸었다.

"예?"

"장난은 그만두고. 진지하게 이야기하지."

차가운 눈을 빛내며 그는 책상으로 손을 뻗었다.

올리비아는 루델의 손길을 따라 허공을 날아오는 지도를 멍하니 바라보았다. 마법처럼 주문이 필요없는 힘, 파멸의 힘이라고 듣긴 했지만 이해는 할 수 없었다.

"현재 전황은 그리 좋지 않아."

붉은 펜으로 포트란 북부를 셋으로 나누며 루델은 이야기를 시작했다.

"중부는 이미 게펠이 장악했고, 동부와 서부는 저항이 거세서 전선이 교착된 상태지. 사실 저항이랄 것도 없지만."

올리비아는 지도를 유심히 살펴보았다. 게펠 왕자가 점령한 부분은 북부에서 그나마 평야가 많은 풍요로운 지역이었다.

그에 비해 아직 점령하지 않은 북동쪽과 북서쪽은 그렇게 쓸 만한 지역은 아니었다. 올리비아는 게펠의 목적이 그 평야지대일 거라고 생각하고 있었다.

"그 녀석도 쓸데없이 전력을 낭비하고 싶진 않을 거야. 그러니 기회를 엿보고 있겠지."

"어떤 기회요?"

"네가 북부를 공격하길 기다리고 있었을걸. 문제는 예상을 깨고 내게 왔다는 거지만."

올리비아는 생각했다. 자신이 북부를 친다면 게펠 왕자에겐 무슨 이득이 있을까.

"어렵게 생각할 거 없어."

왕자는 펜으로 나머지 지역을 반으로 갈랐다.

"게펠에게 남은 지역은 먹어도 좋고 안 먹어도 그만인 지역이야. 하지만 남이 먹는 건 봐주기 싫은 거지."

"그럼……."

올리비아는 이해할 수 있을 것 같았다. 게펠 왕자는 자신과 북부를 나눠 먹을 생각이었던 것이다.

"협상을 하려 했을걸. 그 녀석은 전력을 고스란히 보존하고 너는 영토를 어느 정도 수복하고."

"제가 손해군요."

"어쩔 수 없어. 약자는 너니까."

올리비아는 눈매를 좁혔다. 상황이 너무 안 좋았다. 루델의 말대로 진행된다면 포트란은 재기가 불가능했다.

"아마, 상당히 복잡해질 거야."

"하지만 용병을 지원하면 어느 정도 게펠 왕자에게 피해를 줄 수 있지 않나요?"

"착각하고 있군. 내가 승리하기 위해 용병을 보내는 거라고 생각해?"

올리비아는 그제야 루델의 생각을 완전히 알아차릴 수 있었다. 애초에 그는 포트란 남부든 북부든 관심 자체가 없었던 것이다.

"인종 청소……."

"눈치는 제법 있군."

"잔인해요!"

원망 어린 말에 루델은 얼굴 가득 미소를 머금었다.

"군주는 때론 비정해야 한다. 네가 한 말 아닌가?"

올리비아는 부정할 수 없었다.

"그리고 단서를 제공한 사람은 너야."

"예?"

"사실 별생각이 없었는데, 네가 말했잖아? 보낼 곳이 없으면 도와달라고. 나로선 정말 구미가 당기는 제안이었어. 쓰레기들을 처분할 폐기장을 찾았으니까."

올리비아는 멍한 얼굴로 루델을 쳐다보았다.

"우리는 공범이야. 어쩌면 역사에 유래없는 학살자로 기록될지도 모르지."

기분 나쁜 미소를 짓는 루델을 쳐다보며 올리비아는 입술을 깨물었다. 자책감이 그녀를 괴롭혔다. 자신의 제안 때문에 수많은 생명들이 사라지게 된 것이다.

"그런데 이런 정황을 어떻게 그렇게 자세하게 알고 있는 거죠? 여왕 폐하께서는 모르시는 내용……."

분을 삼키며 질문하던 올리비아는 말을 마치지 못했다. 루델의 눈이 매섭게 빛나며 예의 그 알 수 없는 힘이 자신을 구속했기 때문이었다.

"너, 정말 눈치가 빠른데?"

루델은 꼼짝도 못하는 그녀의 턱을 움켜잡았다.

"충고 하나 하지. 눈치는 빠른 게 좋지만, 입은 무거운 게 좋아. 이 탐스러운 목을 잃지 않으려면.”

목을 쓰다듬는 차가운 손길에 흠칫 몸을 떨며 올리비아는 루델을 노려보았다.

“충고 감사드립니다, 주인님.”

“천만에. 하지만 공짜는 아니거든?”

비열한 미소를 머금은 루델이 올리비아를 파고들었다.

“으읍!”

긴 입맞춤. 올리비아는 멍하니 눈을 감았다.

“호오, 오늘은 어째 반항하지 않으실까?”

“주인님께서 속박하고 계시니까요.”

루델의 눈동자를 피하며 올리비아는 대답했다.

“속박? 내가 언제?”

그제야 올리비아는 몸이 자유로운 것을 알아차렸다.

“후후후.”

잔뜩 붉어진 얼굴로 멍하니 앉아 있는 올리비아를 남겨두고 루델은 집무실을 나갔다.

“또······.”

혼자 남겨진 그녀는 조심스레 손가락을 입술로 가져갔다. 아직도 남아 있는 거친 입맞춤의 여운.

“바보!”

마음 한구석에 자리 잡은 야릇한 감정을 원망하며 올리비아는 눈물을 훔쳤다.

올리비아 공주가 피시스 왕국에 볼모로 잡혀 있다는 소식이 전해지고 한 달 후, 포트란 왕국의 왕궁에서는 조촐한 임명식이 거행되었다.

공주의 유지를 받들어 대공의 자리에 오른 길트 공작은 국명을 포트란 왕국에서 포트란 공국으로 바꾸고 전 대륙에 그 사실을 공식적으로 알렸다.

많은 반발이 있었지만 길트 대공은 즉위하자마자 피시스 왕국과 내통하여 공주를 빼돌렸다는 혐의로 다수의 귀족들을 숙청했다.

강력한 반 피시스 정책에 피시스 왕국과의 관계를 염려한 소수의 귀족들이 반발했지만 대공은 개의치 않았다.

"만족해?"

레일리아는 대공을 돌아보며 눈을 찡그렸다.

"무슨 말씀이십니까, 대공 전하."

대공은 굳은 얼굴로 한숨을 내쉬었다. 회의실에 자리한 사람은 모두 그의 심복들뿐이었다. 그런데도 레일리아는 쉽게 경계를 풀지 않았다.

"이로써 피시스 왕국과 내통한 자들은 모두 숙청했다. 케리얼 백작, 남은 건 누구지?"

"남은 반역자들은 모두 북포트란에 있습니다."

레일리아는 공손히 고개를 숙이며 대답했.

“그렇군.”

길트 대공은 미리 전해 받은 편지의 내용을 떠올렸다.

“조만간 피시스 왕국에서 수인족과 아인족으로 이루어진 용병 부대를 파병할 것이다.”

회의실이 술렁였다. 대다수의 귀족과 국민들은 피시스 왕국을 적으로 생각하고 있었다. 그런 상황에서 도움을 받는다면 반발할 것이 분명했다.

“그대들이 무슨 걱정을 하는지는 안다. 하나 영토를 수복하기 위해서는 힘을 빌릴 수밖에 없다.”

말을 멈춘 대공은 레일리아에게 고개를 돌렸다.

“조만간 북포트란에 대한 총공세가 시작될 예정입니다. 여러분도 알고 있겠지만, 게펠 왕자의 군대나 북포트란의 군대에 비해 우리는 전력이 부족합니다.”

레일리아가 설명하자 몇몇 귀족들이 고개를 끄덕였다.

“그들은 총공세의 선두에 서게 될 것입니다.”

“도움을 받는 대가는 무엇이오?”

늙은 백작의 질문에 레일리아는 고개를 끄덕였다.

“전에도 말했듯이 피시스 왕국이 원하는 것은 유단 왕국과의 완충 지대입니다. 이번 용병 부대도 그 일환입니다. 추가로 지불해야 할 대가는 없으니 안심하셔도 됩니다.”

“그렇구려.”

"이해시키기도 힘드네요."

"그래."

회의가 끝나고 둘만 남자 레일리아가 한숨을 내쉬었다.

"그런데 전하께선 잘 지내실까?"

"모르죠. 아저씨도 루델 왕자에 대해서는 좀처럼 말해주지 않으시니까요."

"그렇군."

"그보다 이번 용병 부대 말인데요. 되도록이면 최전선에 투입하라더군요."

대공은 그녀의 말에 고개를 기울였다.

"이해가 잘 안 가네. 범죄자들로 이루어진 용병 부대라니. 그게 통제가 가능한 거야?"

대공의 의문에 레일리아는 미소 지었다.

"그걸 믿는 거예요?"

"응?"

"그들은 범죄자가 아니에요. 호전적인 종족일 뿐이죠."

"그럼?"

"종족 정화 정책."

길트 대공은 레일리아의 말을 이해하지 못했다.

"호전적인 종족을 전쟁이 있는 곳으로 몰아내고, 순한 종족들만 남기겠다는 생각이죠."

"나라가 많이 혼란스러운 모양이구나."

“글쎄요. 과연 그럴까요?”

대공의 생각에 레일리아는 부정적이었다.

“겉으로 보기에는 혼란을 일으키는 이들을 달래려는 정책이에요. 하지만 생각해 보면 그렇지도 않아요.”

“그렇지 않다니?”

“아저씨는 그들을 선봉에 세우라고 했어요.”

“어차피 호전적이라면 좋아하지 않겠어?”

레일리아는 고개를 저었다. 대공이 말한 대로 단순하게 생각할 수도 있었지만 그녀는 절대로 그렇게 단순하다고 생각하지 않았다.

“그리고 여력이 되면 게펠 왕자와 싸우래요.”

“뭐?”

“북포트란의 거점 몇 개를 놓고 게펠 왕자와 분쟁을 일으키라고 하더군요.”

“그런……”

대공은 인상을 썼다. 전력 손실을 염려하는 게펠 왕자가 쉽게 그 계획에 말려들 리 없었다.

“소모품이에요.”

“골치 아프군.”

“종족 정화 정책이라, 말은 좋지요. 하지만 그 실상은 그냥 인종 청소일 뿐이에요.”

“잔인하군.”

길트 대공은 고개를 저었다.

"아저씨는 이런 계획을 세울 분이 아닌데……."

"그렇다면 누구의 생각일까?"

"그 루델 왕자의 머릿속에서 나온 거겠죠."

대공은 갑자기 올리비아 공주의 안위가 걱정되었다. 만일 레일리아 말대로 루델 왕자가 그렇게 냉혹한 인물이라면 공주의 생활도 결코 평탄치 못할 게 뻔했다.

"정말 전하께서 잘 지내실지 걱정되는데?"

"그러게 말이에요."

"후암."

올리비아는 하품을 하며 눈을 비볐다.

"밤새 뒤척이던데, 무슨 일 있어?"

"일이야 많죠."

세란의 질문에 올리비아는 힘없이 대답했다.

"그러지 말고 얘기해 봐."

"그냥 좀 피곤할 뿐이에요."

"괜히 엄살 부리는 거지."

키트리네를 안고 들어오며 루델이 빈정댔다. 올리비아는 그를 흘겨보며 뚱한 표정을 지었다.

'누구 때문인데…….'

"나 때문인가?"

“네?”

마음속으로 원망하던 올리비아는 루델의 말에 자신도 모르게 대답하고 말았다. 그러자 루델은 심술궂은 미소를 지었다.

“어휴, 그만 좀 놀려요.”

“재밌잖아.”

세란의 핀잔에 올리비아는 얼굴을 붉혔다.

“그런데 용병 부대 창설식엔 안 가세요?”

“어머니하고 할아버지, 미크론까지 갔는데 나까지 가면 어디 숨 막혀서 살겠어?”

“그건 그러네요.”

세란은 어깨를 으쓱이며 나머지 문서를 정리했다.

루델은 키트리네와 함께 창가에 앉아 따사로운 햇볕을 받으며 눈을 감았다.

거짓말처럼 금세 잠이 든 루델과 키트리네. 세란을 도와 문서를 추리던 올리비아는 멍하니 그 모습을 바라보았다.

“평화롭네요.”

세란은 그런 올리비아를 힐끗 올려다보며 마찬가지로 잠든 둘을 쳐다보았다.

“그러게.”

Chapter 5
흩어지는 죽음의 향기

REGIS

　　레일리아와 길트 대공은 수도 외곽에 주둔하고 있는 용병단을 내려다보았다.

　"대단하군."

　평원을 가득 메운 대군을 내려다보며 대공은 침을 삼켰다. 어림잡아 봐도, 수도에 주둔 중인 포트란 공국군과 차이가 나지 않는 병력이었다.

　"이게 1차분이에요. 아저씨는 적은 거라고 하던데요?"

　"1차분에다, 적은 거라고?"

　"예."

　레일리아는 얼굴을 찌푸리며 고개를 끄덕였다.

눈앞의 병력이 적다니 그녀가 생각해도 어이없는 말이었다. 하지만 더 놀라운 것은 최소 3차까지 예정되어 있다는 하운드 공작의 전언이었다.

과연 총병력이 얼마나 될지 레일리아로선 짐작하기 어려웠다.

"그런 엄청난 전력을 가지고 있는데도 산맥 너머에서 몸을 사리고 있는 이유를 모르겠군."

대공은 고개를 기울였다. 예상대로의 병력이라면 피시스 왕국은 포트란 공국쯤은 간단히 굴복시킬 수 있는 전력을 보유하고 있는 셈이었다.

그런데도 자신들을 완충지대로 남겨두려 하다니, 이해하기 어려운 일이었다.

"저기 책임자가 오는군요."

멀리서 다가오는 몇 명의 일행을 쳐다보며 레일리아는 걸음을 내디뎠다.

"저자는……."

"왜요?"

길트 대공은 일행 중 제일 앞에서 걸어오고 있는 청년을 쳐다보며 눈매를 좁혔다.

"전에 만났던 적이 있어."

"미크론 자작을요?"

"알아?"

레일리아는 고개를 끄덕였다.

"예. 저도 몇 년 전에 만난 적이 있거든요."

"오랜만입니다, 길트 공작. 아니, 이젠 대공이라 불러 드려야 하려나요?"

친근하게 내밀어진 손을 잡으며 길트 대공은 어색하게 고개를 끄덕였다.

"오랜만이네."

그 말에 옆에 있던 테일러가 얼굴을 찌푸렸다.

"예를 갖추시지요, 대공 전하. 공작 전하십니다."

길트 대공과 레일리아는 당황했다. 고작 몇 년 만에 자작에서 공작으로 승격하는 일은 불가능했다. 그러나 대공은 잔뼈가 굵은 사람이었다.

"무례를 용서하시오, 공작."

"괘념치 마시지요, 대공."

미크론은 여유있는 미소로 모두를 이끌었다.

"이러지 말고 자리를 옮기는 것이 좋겠습니다. 보는 눈이 많아서 그런지 조금 거북하군요."

"그럽시다."

미크론은 대공 일행을 따라가며 테일러를 흘겨보았지만 그는 딴청을 부릴 뿐이었다.

대공의 집무실에 자리한 일행은 서로 인사를 건네고 본격적인 회의를 시작했다.

"올리비아 공주께서 보내신 것입니다."

미크론이 내민 올리비아 공주의 편지를 받아 든 대공의 얼굴에 수심이 어렸다.

"전하께선 잘 지내시오?"

"예, 잘 지내고 계십니다."

"다행이구려."

안도하는 대공을 쳐다보며 미크론은 마음속으로 쓴웃음을 삼켰다.

"그럼, 부대 운용에 대한 논의를 시작해 볼까요."

준비해 온 문서를 꺼내며 미크론은 이야기를 시작했다.

루델은 키트리네와 둘이서 포트란 공국의 중계도시에 있었다.

"망했나?"

키트리네를 안아 든 루델은 고개를 갸웃거리며 허름한 여관을 바라보았다.

"여기 맞아?"

"확실해. 도시가 몰락하다 보니까 망했나 보다."

반쯤 떨어져 나간 문을 쳐다보며 루델은 고개를 저었다.

"혹시 마력으로 찾아낼 수는 없어?"

"우웅."

키트리네는 뚱한 얼굴로 손을 뻗었다. 하지만 그녀는 아무 것도 느낄 수 없었다.

"무리야. 세상 속에서는 평범한 몸으로 지내니까."

"아쉽군."

루델은 고개를 저으며 몸을 돌렸다.

"아."

"왜 그래?"

그때 키트리네가 무언가 감지한 듯 골목을 바라보았다.

"아루네."

"누군가 했더니, 키트리네였네?"

키트리네의 중얼거림에 건물 사이에서 주근깨 소녀가 모습을 드러냈다.

"그 건방진 인간도 함께고."

호기심 어린 표정으로 다가온 그녀는 키트리네를 빼앗듯 받아 들며 얼굴을 부볐다.

"이게 얼마 만이야. 여전히 꼴사나운 요정 몸을 뒤집어쓰고 있는 거니?"

키트리네는 뚱한 표정이었지만 소녀는 개의치 않았다.

"귀엽지 않은 것도 여전하네."

시끄럽게 떠들며 아루네라 불린 소녀는 키트리네를 안고 앞장서 걸어가기 시작했다.

"그래서 여기 살고 있어."

이야기를 늘어놓으며 아루네는 허름한 집으로 들어갔다.

"전에는 여관에서 일하지 않았나?"

전형적인 하층민의 집 안을 둘러보며 루델이 묻자 아루네는 어깨를 으쓱했다.

"이 도시도 사람이 많이 줄어서. 몇 달 전에 주인 아저씨도 다른 도시로 떠났어. 나는 그냥 남았지만."

고개를 끄덕이며 루델은 바닥에 주저앉았다.

"그런데 뭐 좀… 아, 미안. 먹을 게 없네."

루델의 품에 다시 안겨드는 키트리네를 쳐다보며 아루네는 머리를 긁적였다.

"형편이 조금 어렵다 보니까."

키트리네는 멋쩍어하는 아루네를 빤히 올려다보았다.

"그런데 천 년 넘게 천공의 호수에서 잠들어 있더니 갑자기 왜 나온 거야?"

"나 때문이다."

루델의 대답에 아루네는 고개를 돌렸다.

"파멸의 힘?"

키트리네가 고개를 끄덕이자 아루네는 날카로운 눈으로 그녀를 노려보았다.

"아직도 그따위 율법에 얽매여 있는 거야?"

“응.”

“너도 참. 파멸의 힘 따위 누가 신경 쓴다고.”

다소 짜증이 담긴 아루네의 말에 키트리네는 뾰로통한 얼굴로 입술을 내밀었다.

“저 인간이 파멸의 힘을 썼을 때 조사하려고 나선 녀석이 누가 있어? 아무도 없잖아.”

“그렇지만…….”

“하여간 넌 그렇게 손해 보는 짓만 하는 게 탈이야. 제일 약하고 어린 주제에. 그래서 결과가 뭐야? 몸까지 잃고 그 하찮은 요정의 몸에 빌붙어 살고 있잖아.”

“그만 하지.”

빈정대던 아루네는 루델을 흘겨보았다.

“당신이 이 아이를 꼬드겼나?”

“부정하지는 않겠다.”

“하여간 찾아온 진짜 이유나 말해봐.”

루델은 키트리네를 쳐다보며 이야기를 시작했다.

첫 만남에서 잃어버린 대지에서 보석을 가져왔다는 말까지 들은 아루네는 눈썹을 찡그렸다.

“잃어버린 대지에 들어가서 뭐를 가지고 나와?”

“드래곤하트와 비슷한 보석.”

키트리네의 대답에 아루네는 고개를 저었다.

“착각했어.”

“응?”

“그건 비슷하다고 하기도 민망한 물건이야. 드래곤들 사이에 전해져 내려오는 게 몇 개 있어서 나도 본 적이 있지. 키트리네는 본 적 없지?”

고개를 끄덕이는 키트리네를 쳐다보며 아루네는 한숨을 내쉬었다.

“그동안 출처를 알 수 없었는데, 잃어버린 대지에서 흘러나온 거라니. 골치 아프네. 다시 떼어낼 수도 없고.”

아루네는 고민했다. 키트리네는 루델이 준 보석과 이미 동화를 끝낸 상황이었다.

“그럼 원래 힘을 되찾는 건 불가능한가?”

“그래. 신이 돕지 않는 한.”

“신? 달의 여신 같은?”

루델의 질문에 아루네는 쓴웃음을 지었다.

“그녀를 만난 모양이네.”

“그렇다.”

“정말 그녀를 신이라고 생각해?”

아루네는 루델을 비웃으며 자리에서 일어났다.

“무슨 말이지?”

“달의 여신 뮤. 그렇게 떠받드는 녀석들도 있는 모양인데, 역사를 기억하는 드래곤들은 다르게 부르지.”

얼굴을 찡그리며 그녀는 말을 이었다.

"푸른 마녀라고."

"도움을 못 줘서 미안해."

"아니야."

키트리네는 고개를 저었다. 애초에 큰 기대를 하고 찾아온 것도 아니었다.

"피시스 왕궁에서 지낸다고? 나중에 한번 들를게."

"응!"

활기차게 대답하는 키트리네를 안아 든 루델은 미련없이 몸을 돌렸다.

"아루네!"

그러나 갑자기 들려온 목소리에 그는 다시 몸을 돌렸다.

"케인."

"미안, 오늘은 늦었네. 그런데 이분들은……."

루델과 키트리네는 다가오는 청년을 쳐다보았다. 평범한 키에 평범한 외모를 가진 청년은 오른팔이 없었다.

"친구들이에요."

청년의 왼팔에 들린 가방을 재빨리 받아 들며 아루네는 미소 지었다.

"아, 아내의 친구 분들이셨군요."

"아내?"

키트리네의 물음에 아루네는 케인을 슬쩍 올려다보고는 얼굴을 붉혔다.

"결혼한 지 얼마 안 됐어."

당황하는 키트리네와는 달리 루델은 왼손을 내밀었다.

"루델이라고 합니다."

"케인이라고 합니다."

케인은 스스럼없이 손을 맞잡으며 인사를 건넸다.

"키트리네, 친구예요."

"아, 처음 뵙겠습니다."

아루네가 뚱한 표정의 키트리네를 가리키자 그는 살짝 고개를 숙였다.

"그럼 우리는 이만 가보겠습니다."

"아니, 오랜만이실 텐데……."

케인은 짧은 목례를 건네고 돌아서는 루델을 부르려 했지만 그럴 수 없었다. 옷깃을 잡은 아루네가 고개를 저었기 때문이었다.

"행복해 보이네."

키트리네는 대답하지 않았다. 루델은 여전히 뚱한 얼굴로 아루네의 집이 있는 곳을 쳐다보는 그녀를 보듬어 안았다.

"그녀의 미소에서는 가식이 느껴지지 않던데. 내가 눈치채지 못한 건가?"

“아니야.”

키트리네는 고개를 저었다.

“정말 행복한 거야.”

“그러냐?”

“응. 분명.”

루델은 침울한 표정으로 고개를 숙이는 키트리네를 힐끗 돌아보았다.

“전에 내가 한 말 기억해?”

“응?”

“드래곤이 이 세계를 수호하는 존재냐고 물었지.”

아루네의 집을 돌아보며 루델은 미소 지었다.

“나도 너처럼, 잘 모르겠다.”

올리비아는 노을진 하늘을 올려다보고 있었다.

“그러니까 같이 가지 그랬어?”

여왕이 볼 문서를 추리던 세란이 넌지시 물었다.

“아니요. 아직은…….”

올리비아는 고개를 저었다.

루델이 미크론과 포트란 공국으로 넘어가기 전날 그녀는 함께 갈 것인지 고민했었다. 그러나 결국 가지 않기로 마음먹었다.

돌아갈 용기가 나지 않았던 것이다.

“나라면 갔을 거야.”

“네?”

“차라리 왕자님하고 같이 가는 게 나았을 거라고. 바보처럼 구느니 마음 굳게 먹고 다녀오는 것이 훨씬 나았어.”

퉁명스런 세란의 말에 올리비아는 조용히 미소 지었다.

“그것도 그렇네요.”

“그런데 이런 식으로 지휘권을 넘겨도 되겠어?”

멀어져 가는 용병 부대를 바라보며 테일러가 물었다.

“낸들 아냐? 우린 그저 전하께서 시키는 대로 여기서 놀고 먹으면 그만이야.”

미크론의 대답에 테일러가 미묘한 표정을 지었다.

“너무 무책임한 것 같은데…….”

“그렇지도 않아. 어차피 저놈들을 제대로 통제할 수 있으리라고는 생각하지도 않았으니까.”

테일러는 쓴웃음을 지었다. 아무리 생각해도 루델 왕자가 무슨 속셈을 가지고 있는지 알 수 없었다.

“그냥 전장에 데려다 놓고 풀어놓기만 하면 돼. 괜한 탈주병만 없으면 그만이야.”

“그래서 중앙군 소속의 기사들을 넣어둔 거군?”

“그래. 내부 단속이라는 거지.”

테일러는 고개를 끄덕이는 미크론을 말없이 쳐다보았다.

루델 왕자 밑에서 몇 년을 지내더니 그 역시 점점 왕자를 닮아가고 있는 것 같았다.

"우리는 간만의 휴가를 즐기면 되는 거야. 휴가를 오기엔 좀 누추한 곳이지만."

테일러는 고개를 끄덕이며 아쉬운 표정을 지었다.

"이럴 줄 알았으면 밀키도 데리고 오는 건데."

"공처가."

"어이구, 남 말하실 때가 아닐 텐데?"

테일러는 게슴츠레한 눈으로 미크론을 흘겨보았다.

"그래, 쪽지에는 아무것도 안 써 있었냐?"

"봤냐?"

미크론은 놀란 얼굴로 테일러를 돌아보았다. 반란군의 본거지에서 자신이 쪽지를 빼돌린 것을 아무도 모르리라 생각하고 있었던 그였다.

"내가 너랑 몇 년을 같이 지냈는데."

"쳇."

"걱정 마라. 아무도 모르니까. 그런데, 정말 아무것도 안 써 있었냐?"

미크론은 고개를 저었다.

"써 있었기야 써 있었지. 전부 거짓 정보라서 문제지."

테일러는 미크론의 등을 두드렸다.

"복받은 녀석."

"암, 그렇고말고."

용병 부대의 지휘권을 넘겨받은 포트란 공국은 지체없이 북부에 대한 총공세를 시작했다.

수도를 비울 수 없었던 길트 대공은 모든 지휘권을 레일리아에게 넘겼다. 다소 반발이 있었지만, 대공은 피시스 왕국의 요구라는 핑계로 반발을 무마시켰다.

올리비아 공주가 볼모로 잡혀 있는 포트란 공국으로선 피시스 왕국의 말을 따를 수밖에 없는 처지였다.

"피시스 왕국에 대한 반감만 늘어가는군."

"결코 좋은 현상이 아니에요."

"알고 있어."

길트 대공은 고개를 끄덕였다. 그도 잘 알고 있었다.

"한동안 피시스 왕국의 도움을 받아야 하는데, 쓸데없이 반감이 높아서야 될 일도 안 될 테니까. 그나저나 정말 괜찮겠어?"

대공은 경장 갑옷을 걸친 레일리아를 걱정스러운 얼굴로 쳐다보았다.

"천하의 하디아를 너무 우습게보는 거 아니에요?"

"이십 년도 더 된 이야기잖아."

대공은 고개를 저었다. 설마 용병계에서 전설이 될 정도로 유명했던 하디아가 레일리아였을 줄은 생각지도 못한 일이었다.

"걱정 안 하셔도 된다니까요."

"그래도 조심해라."

"후훗. 네."

기사들을 이끌고 용병 부대를 따라 멀어져 가는 레일리아를 쳐다보며 대공은 한숨을 내쉬었다.

"이로써 혼란이 시작되는 건가."

대공은 품에서 조그만 상자를 꺼내 자연스럽게 바닥에 버리며 몸을 돌렸다.

"돌아가자."

그를 따라 몸을 돌린 수행원들 중에 풀숲에 떨어진 조그만 상자가 어느새 사라지고 없다는 사실을 알아차린 사람은 아무도 없었다.

낡은 책상과 외로운 촛불 하나만이 자리 잡은 어두운 방. 청년은 수북이 쌓여 있는 문서를 하나씩 촛불에 태우고 있었다.

그러다 갑자기 밝은 빛과 함께 그의 눈앞에 작은 상자가 모습을 드러냈다. 코에 걸린 안경을 고쳐 쓰며 책상 위에 떨어진 상자를 집어 드는 청년은 바로 라울이었다.

"대공으로부터의 전언인가."

손톱만 한 상자에서 쪽지를 꺼낸 라울은 표정을 굳혔다.

"피시스 왕국이 드디어 움직이셨군."

루델 왕자를 떠올리며 라울은 얼굴을 찡그렸다.

"단순한 인종 청소는 아닌 것 같은데, 조금 더 지켜봐야겠군."

그 쪽지마저 촛불에 태우며 그는 고개를 저었다.

"멜리아 녀석은 움직일 기미가 없고, 루델 왕자는 포트란 공국으로 넘어와 있고. 잠깐, 그러고 보니 세크레타 공주는 왜 함께 돌아오지 않은 거지?"

라울은 현재 상황이 마음에 들지 않았다. 명확하게 밝혀진 것은 아무것도 없었다. 그저 의문만 수없이 쌓여갈 뿐.

"정말 혼란의 시기가 다가온 건가?"

달의 날개가 존재해 온 역사 속에서 그만한 혼란은 여러 번 있었다. 그러나 이번만큼 많은 의문이 남겨진 경우는 한 번도 없었다.

"루델 왕자를 만나봐야 하나?"

루델 왕자는 달의 날개의 존재를 알고 있었으니 대화가 쉽게 이루어질지도 몰랐다. 무엇보다 그는 달의 날개에 대해 별다른 반감을 가지고 있지 않았다.

"아니면 조금 더 기다려 봐야 하나."

손톱을 깨물며 라울은 고민했다.

"피시스 왕국에서 온 용병 부대?"

게펠 왕자는 칼스의 보고에 인상을 찌푸렸다.

"예. 수인족과 아인족으로 이루어진 부대래요."

"그 자식, 무슨 속셈이야?"

"처치 곤란한 범죄자들이라고 하더군요. 피시스 왕국은 한동안 내전으로 고생했다니까 실제로는 그때 잡힌 포로들이겠죠."

칼스는 그렇게 생각하고 있었다.

"포로?"

"예. 어쩌면 가족이나 부족을 인질로 잡히고 전쟁터로 내몰린 걸지도 모르죠."

"대체 왜?"

이해하지 못하는 게펠 왕자에게 과일을 건네며 멜리아가 미소 지었다.

"포로라 하지 않았사옵니까. 그 수가 너무 많으니 전하의 전력을 탐색하는 셈치고 보낸 것이 분명하옵니다."

"그럴까?"

받아 든 과일을 우물거리며 게펠은 고개를 갸웃거렸다.

"버리는 패예요. 그냥 싸우다 죽어도 좋고, 우리 전력을 알아내면 더 좋고, 우리 전력을 줄이면 더더욱 좋고."

칼스의 말에 게펠이 얼굴을 찌푸렸다.

"국민들을 그렇게 다루다니, 너무 잔인한 거 아냐?"

"하오나 전하, 때로는 그런 냉혹함을 보여야 할 때도 있는 법이옵니다.”

“멜리아 말이 맞아요.”

칼스가 동의했지만 게펠은 여전히 얼굴을 찌푸린 채였다.

“아무리 그래도 나는 그렇게 못하겠어.”

게펠이 고개를 젓자 칼스와 멜리아는 한숨을 내쉬었다.

“예, 그러시겠죠.”

“전하께선 정말 너그러우신 게 탈이옵니다.”

둘의 핀잔에 게펠은 머리를 긁적이며 멋쩍은 표정을 지을 수밖에 없었다.

“하여간 우리는 당분간 이러고 있으면 되는 거지?”

“포트란 공국의 목적은 나머지 북부 귀족들이니까요. 우리가 목적이 아니에요.”

칼스는 지도를 가리키며 말을 이었다.

“그래도 그냥 둘 수는 없어요. 서로 싸우는 틈에 방어가 소홀해지는 거점을 몇 개 집어먹어야 해요.”

“조금 비겁한 거 아니야?”

“원래 전쟁은 얍삽하게 하는 거예요.”

칼스의 말에 게펠은 어깨를 으쓱였다.

“여전히 둔하시다니까요.”

멜리아의 말에 칼스는 고개를 끄덕였다.

“그런 면이 있지.”

"그나저나 그 용병 부대는 북포트란이 아닌 우리를 목적으로 한 것 같은데요."

칼스도 멜리아와 생각이 같았다. 확인된 정보만 해도 용병 부대의 전력은 이미 포트란 공국의 전력을 넘어서 있었다.

"아무래도 그걸 준비해 두는 게 좋겠군."

"준비는 언제든지 되어 있어요."

"좋아, 어디 한번 해보자고."

칼스는 고개를 끄덕이며 눈을 빛냈다.

루델이 포트란 공국 수도 근처까지 왔을 무렵, 레일리아가 이끄는 남부군은 총공세를 펼치고 있었다.

포트란 공국 지휘소.

쉬지 않고 날아드는 전장의 상황을 정리하느라 지휘소는 정신없이 바빴다. 그에 비해 미크론과 테일러는 참관인으로 한쪽에 앉아서 느긋한 시간을 보내고 있었다.

"왠지 좀 불합리한 느낌 안 들어?"

느긋하게 차를 마시는 미크론에게 테일러가 물었다.

"그럼 저 아수라장에 들어갈 거냐."

"뭐, 그런 건 아니지만."

미크론은 지휘소 내부를 둘러보았다.

마법으로 보내진 소식을 전하러 들르는 마법사들과 경비

를 서는 기사들. 서류 더미에 쌓여 고뇌하는 문관들. 어쩐지 전쟁과는 상관없는 사람들 같았다.

"왠지 실감이 안 나네."

"그렇지. 마법은 이런 면에서 편리하다니까."

그렇게 말은 했지만 미크론은 떨떠름했다.

자신들은 언제나 전장에서 전투를 이끌어왔다. 그런데 눈에 보이는 이들은 마법으로 전장의 정보를 모으고 그걸 바탕으로 결정된 전략과 전술을 다시 마법으로 현장의 지휘관들에게 보내고 있었다.

책상에 앉아서 차나 마시면서 지휘하는 전쟁이라니.

어찌 생각하면 정말 섬뜩한 일이었다. 이들에게 있어 전장의 병사들은 지도에 그려진 점 하나 혹은 숫자 하나 그 이상의 의미도 없었던 것이다.

"언젠가는 우리도 이렇게 되겠지?"

"그때가 되면 웬만하면 책상에 있고 싶다."

테일러의 말에 미크론은 고개를 끄덕였다.

레일리아가 이끄는 남부군은 거침없이 북부를 향해 치고 올라갔다. 용병단을 전면에 내세운 그녀는 그들의 놀라운 전투력에 혀를 내두를 수밖에 없었다.

두려움이라는 것 자체가 없는 것인지 적들을 향해 돌격해 들어가는 그들은 절대로 물러서는 법이 없었다. 물론 그로 인해 피해도 만만치 않았지만, 적에 비하면 경미한 수준이었다.

"예상외의 전과입니다."

유반 남작의 말에 레일리아는 고개를 끄덕였다.

"단지……."

레일리아는 말을 흐리는 유반 남작의 마음을 이해할 수 있었다.

용병들은 적이 전멸해도 좀처럼 흥분을 가라앉히지 못했다. 덕분에 적과의 전투가 끝나면 같은 용병끼리 치고받는 일이 많았다.

오죽하면 전투로 인해 죽거나 다치는 이들보다 자기들끼리 싸우다 죽거나 다치는 이들이 더 많을 지경이었다.

"통제할 수 없다는 게 문제인가?"

"예."

생각에 잠기던 레일리아는 곧 고개를 저었다.

"어차피 남은 건 도시 하나뿐이야. 그 후에는 게펠 왕자에게 달래달라고 부탁해 봐야지."

"예정대로입니까?"

"그래. 그리 기대는 안 했었는데, 저 정도면 게펠 왕자도 조금 뜨끔할걸?"

미소 지으며 레일리아는 명령했다.

"수도에 결과를 보고해. 난 쉬러 가겠다."

"예."

"역시 통제하지 못하는 게 문제인가?"

미크론의 말에 테일러는 고개를 끄덕였다.

"호전적인 녀석들만 모아왔으니까."

"그래도 꽤 의외인데?"

지도에 표시된 전황을 바라보며 미크론은 입맛을 다셨다. 예상했던 것과는 다르게 레일리아가 이끄는 포트란 남부군은 빠르게 북진하고 있었다.

미크론은 수인족과 아인족으로 이루어진 부대가 그렇게 큰 전과를 올릴 줄은 생각하지 못했었다.

"괜히 투입한 거 아닐까? 이 정도면 우리가 써먹어도 될 거 같은데."

테일러의 말에 미크론은 고개를 저었다.

"일단 솎아내는 거니까."

칼스와 멜리아는 심각한 표정으로 지도를 내려다보았다.

예상과는 달리 포트란 공국군은 순식간에 북포트란 서부 지방 대부분을 점령, 고작 성 하나만을 남기고 있었다.

순식간에 벌어진 공세에 놀란 게펠 왕자는 대응하려 했지만 다른 문제가 생겼다. 동부 지방에 북포트란 군이 집결하고 있었던 것이다.

포트란 공국군을 경계하느라 전력의 대부분을 서부에 집

결시켜 놓았던 게펠 왕자로선 짜증나는 일이었다.

"신경 쓰이는군."

눈살을 찌푸리는 칼스와는 달리 멜리아는 신중하게 동부
와 서부 사이의 거리를 가늠하고 있었다.

"뭐 좋은 수라도 있나?"

그런 그녀를 흘겨보며 칼스는 물었다.

"아직까지 공국군은 우리를 신경 쓰지 않고 있어요."

"우리가 가만히 있으리라 생각하고 있겠지."

"그러니까 저들도 우릴 쉽게 건드리지는 않을 거예요. 문
제는 동부 지방인데……."

칼스는 턱을 쓰다듬으며 생각을 가다듬었다.

"그나마 다행은 동부 지방의 북포트란 군이 적극적인 공세
를 벌이지 않고 있다는 거야."

서부 지방을 공격 중인 포트란 공국군을 신경 쓰고 있는 게
펠 왕자로선 동부 지방까지 신경 쓸 여유가 없었다.

"그렇다고 전력을 빼돌릴 수는 없는데."

"그냥 그들 발을 묶어버리면 되는 거죠?"

"어떻게?"

칼스의 의문에 멜리아가 미소 지었다.

"이참에 유물의 위력을 실험해 보는 것도 좋겠죠."

칼스는 천천히 고개를 끄덕였다.

"그래, 그것도 좋겠군. 인원은 얼마나 필요하지?"

"저 혼자서도 충분해요."

"대단한 자신감인데?"

칼스가 빈정댔지만 멜리아는 그저 웃을 뿐이었다.

"그럼 나는 전하를 모시고 빈집이나 털어야겠군."

"뒤를 칠 셈이군요."

"그래."

"그럼 서로 행운을 빌자고요."

쓴웃음을 지으며 칼스는 멜리아의 손을 잡았다.

성벽에 새까맣게 달라붙어 있는 수인들. 레일리아는 그 모습에 눈매를 좁혔다.

총공세가 시작되기 전에 그녀는 지루한 공성전을 생각하고 있었다. 그러나 피시스 왕국에서 온 용병 부대 덕분에 그럴 필요가 없어졌다.

별다른 도구도 없이 맨손으로 성벽을 기어오르는 수인들이 기존 공성전을 무의미하게 만들었던 것이다.

"기가 차는군."

전장을 둘러보는 레일리아의 눈매는 더욱 좁아졌다.

용병 부대의 위력은 갈수록 그 진가를 발휘하고 있었다. 패배를 모르는 무적의 군대. 아무리 동맹군이라도 그쯤 되면 나중을 걱정할 수밖에 없었다.

"저런 것들을 상대로 내전을 승리로 이끌었단 말이야?"

믿을 수 없는 이야기였다. 레일리아는 올리비아 공주를 따라 피시스 왕국을 둘러보지 않은 자신을 후회했다.

"용병 부대가 진입했습니다."

"곧 성문이 열리겠군."

"입성하시겠습니까?"

유반 남작의 질문에 레일리아는 고개를 저었다.

"본대는 내일 아침에 입성한다. 어차피 저들이 진정하려면 그 정도 시간이 필요할 테니."

"피바람이 몰아치겠군요."

성을 상대로 한 전투는 후유증이 컸다. 잔뜩 흥분한 수인족과 아인족들이 성안에 남아 있는 민간인들을 닥치는 대로 학살했기 때문이다.

첫 번째 성에서 그런 참상을 목격한 레일리아는 되도록이면 적을 끌어내 싸우려 했지만, 성이라는 이점을 버릴 적들이 아니었다.

"상관없지."

그러나 이제 와서는 상관없다고 생각했다. 자신의 복수 때문에 죽어간 무고한 사람들은 셀 수 없이 많았으니까.

"경계를 게을리 하지 말고, 내일 아침까지 쉬라고 해."

"예!"

포트란 공국 동부 지방.

높게 쌓아 올린 성벽 밖 평원에는 수많은 병사들이 주둔하고 있었다. 북포트란 군의 상당수가 주둔하고 있는 도시 미켈.

멜리아는 어둠이 짙게 깔린 도시의 골목길을 후드를 눌러쓴 채 지나고 있었다.

"이쯤이면 되겠군."

인기척이 없는 골목의 끝에 다다른 그녀는 품에서 팔뚝만한 검은색 원통을 꺼냈다.

"자, 여신께 바치는 첫 번째 제물이다."

어두운 골목 안쪽으로 원통을 던져 넣은 그녀는 곧 빛에 휩싸여 모습을 감추었다.

"전멸이라고?"

미크론은 잔뜩 굳은 표정으로 대답했다

"예. 하룻밤 만에 깨끗하게 전멸했답니다."

루델이 도착하기 이틀 전, 포트란 공국의 지휘소에는 아침 일찍 날아든 소식 때문에 충격에 휩싸였다.

첫 번째 소식은 지금까지 침묵을 지키고 있던 게펠 왕자가 포트란 공국과 레일리아가 이끄는 부대 사이의 성을 점령했다는 내용이었다.

두 번째 소식은 지금껏 별다른 일이 없었던 동부 지방에서 전해진 것이었다.

　동부 지방의 중심지이자 북포트란의 상당수가 주둔 중이던 미켈이 하룻밤 만에 죽음의 도시가 되었다는 내용이었다.

　미크론은 첫 번째 소식에 대해 별 관심이 없었다. 게펠 왕자가 움직일 시기를 예측하지 못했을 뿐, 예정되어 있던 일이 일어났을 뿐이었으니까.

　그러나 두 번째 소식은 그에게도 충격적인 일이었다.

　고작 하룻밤 만에 주둔하고 있던 모든 병력과 일반 시민이 하나도 남지 않고 모두 죽어버렸기 때문이다.

　"온몸이 부풀어 올라서 죽었다고?"

　"예. 꼭 커다란 물집이 생긴 것 같았답니다."

　"다른 증상은?"

　"그 외에도 목을 움켜쥐거나 가슴을 움켜쥔 시체도 발견되었다고 합니다."

　미크론의 대답에 루델은 심각한 표정으로 고개를 갸웃거렸다.

　"게펠은 서부에 와 있지 않나?"

　"예. 사실상 동부 지방의 북포트란 군을 공격할 세력은 없었습니다."

　미크론도 고개를 갸웃거렸다.

　"또 다른 세력이라도 등장한 것일까요?"

　"누구? 어디 끼어들 만한 사람이 있나?"

　미크론은 결국 고개를 흔들며 자리에서 일어났다. 루델의 말대로 어디 끼어들 만한 세력을 가진 자들은 없었다.

"일단 지금은 흑마법사의 저주라는 소문이 무성합니다."

"저주는 무슨."

루델은 헛웃음을 흘리며 고개를 저었다.

"그래서 묻고 있는 거예요. 정말 생각없나요?"

2차 용병 부대의 출발을 앞둔 전날, 베르데 여왕은 올리비아를 불렀다.

"예."

"돌아가라는 이야기가 아니에요. 용병 부대와 함께 갔다가 루델과 같이 돌아오면 되잖아요?"

올리비아를 안쓰럽게 여긴 여왕은 2차 용병 부대와 함께 그녀를 포트란 공국으로 보낼 생각이었다. 잠시라도 휴식을 주고 싶었던 것이다.

그러나 올리비아는 그럴 마음이 없었다. 돌아가서 신하들과 국민들을 볼 수 없었기 때문이었다. 무엇보다 특히 그녀를 망설이게 한 것은 바로 레일리아였다.

"죄송합니다, 폐하. 아직은 돌아가고 싶지 않습니다."

"휴우. 어쩔 수 없지요."

여왕은 한숨을 내쉬며 고개를 저었다. 그녀는 올리비아가 돌아가려 하지 않는 이유를 짐작할 수 있었다. 아직 레일리아를 만날 용기가 나지 않는 것이리라.

“폐하.”

“왜 그러지요?”

“젊은 시절의 유모는 어땠습니까?”

베르데 여왕은 자신도 모르게 미소 지었다. 올리비아가 레일리아에게 갖는 관심을 긍정적으로 생각했기 때문이다.

“용병이었지만 용병과는 어울리지 않는 사람이었어요. 말하자면, 기사랄까?”

“기사……..”

“그래요.”

여왕은 생각에 잠기는 올리비아를 보며 고개를 끄덕였다.

“레일리아 언니에 대한 이야기, 듣고 싶어요?”

“예!”

밝은 얼굴로 고개를 끄덕이는 올리비아에게 여왕은 이야기를 시작했다.

어두컴컴한 주점. 레일리아는 술에 취해 게슴츠레한 눈으로 한쪽 벽을 바라보았다.

은은하게 주점 안에 울려 퍼지는 하프의 슬픈 음색. 레일리아는 잔에 비친 술을 흔들며 하프를 켜는 음유시인을 쳐다보았다.

음유시인은 열 살 정도 되어 보이는 소녀였다.

몸을 감쌀 수 있을 정도로 치렁치렁한 녹색 머리카락이 인상적인 소녀는 나이와는 어울리지 않게 아름답다는 표현을 쓸 수 있을 정도의 외모를 가지고 있었다.

술에 취한 이들이 가득한 주점. 술에 취해 행패를 부리는 사람이 하나 정도는 있을 법도 한데 소녀에게 시비를 거는 사람은 아무도 없었다.

모두 소녀가 연주하는 하프의 음색에 귀를 기울일 뿐.

레일리아는 한참 동안 소녀를 쳐다보았다. 어쩐지 쉽게 다가설 수 없게 만드는 미묘한 분위기. 이상한 느낌에 집중한 레일리아는 마신 술이 다 깨는 느낌이었다.

보통 사람이 본다면 그것은 분명 신비로움이었다. 그러나 그녀처럼 어느 정도 경지에 오른 이들은 소녀가 품고 있는 것이 신비로움이 아니라는 사실을 알아차릴 수 있었다.

손에 땀을 쥐게 만드는 위압감. 그러나 보통 사람에게는 신비감이라는 위화감을 주는 그 분위기에 그녀는 자신도 모르게 허리의 검으로 손을 가져갔다.

"오늘은 여기까지예요."

연주를 끝낸 소녀가 방긋 웃으며 말하자 주위에서 안타까운 한숨이 흘러나왔다.

"꼬마 아가씨, 조금 더 해주면 안 되나?"

"안 돼요, 안 돼."

단호히 거절하며 소녀는 주점 주인에게 동전 몇 개를 받아 쪼르르 주점을 나갔다.

소녀가 사라지자 주점 안은 거짓말처럼 소음으로 가득 찼다. 그동안 참고 있었던 말을 모두 쏟아내려는지 사람들은 저마다 이야기를 늘어놓기에 여념이 없었다.

소녀가 나간 문을 잠시 쳐다보던 레일리아는 주인에게 금화 한 닢을 던지며 몸을 일으켰다.

소녀를 뒤따라 주점을 나선 레일리아는 광장 한쪽의 메마른 분수대에 앉아 있는 소녀를 발견할 수 있었다.

"살육의 바람이 휩쓸고 지나간 지 며칠이나 되었나. 잊어버리기는 정말 빨리도 잊어버리는군."

다가가던 레일리아는 소녀의 중얼거림에 걸음을 멈추었다. 성이 함락된 지 열흘. 도시는 벌써 활기를 되찾고 있었다.

전쟁 중에 소중한 이를 잃은 사람들도 많았지만, 언제나 그렇듯이 슬픔의 시간은 짧았다.

"슬픔은 빨리 잊어버리는 게 좋거든."

"그런가요?"

레일리아의 말에 소녀는 고개를 돌렸다. 그제야 그녀는 소녀의 눈동자가 투명하리만치 맑은 회색이라는 사실을 알아차렸다.

"잠깐, 앉아도 될까?"

여전히 느껴지는 위압감을 억누르며 레일리아가 조심스럽게 물었다.

“제게 볼일이라도 있나요?”

“응. 연주 좀 부탁하고 싶어서.”

소녀는 잠시 레일리아를 올려다보다 고개를 끄덕였다.

레일리아는 옆에 앉으며 소녀가 꺼내 든 작은 하프를 바라보았다. 그것은 흔히 보기 어려운 고풍스러운 분위기의 작은 하프였다.

“오래된 것 같구나. 물려받은 거니?”

“아뇨. 제가 만든 거예요.”

“응?”

순간 잘못 들었나 싶었지만 레일리아는 그러려니 했다. 아직 어린 소녀였으니 그냥 넘겨들었던 것이다.

“그래, 무슨 곡을 듣고 싶으시죠?”

“자장가. 포트란 남부 지방에서 불리는. 혹시 아니?”

소녀는 고개를 끄덕이며 하프를 안아 올렸다.

“네. 하지만 노래는 부르지 않아요.”

“응, 괜찮아.”

공허한 밤하늘에 하프의 음색이 퍼져 나갔다. 조용히 눈을 감으며 레일리아는 소리에 맞춰 노래 부르기 시작했다.

어린 베르데와 올리비아를 재우며 불렀던 노래를…….

도시를 둘러싼 성의 첨탑. 치렁치렁한 녹색 머리카락을 휘날리며 세크레타는 좁은 지붕 위에 서 있었다.

“마력 밀도가 떨어졌군.”

도시를 내려다보며 세크레타는 고개를 저었다.

“쓸데없는 전쟁으로 마력을 소모하다니.”

차가운 얼굴로 투덜대던 그녀는 가방에서 주먹만 한 보석을 꺼냈다. 그 보석은 루델이 잃어버린 대지에서 가지고 나온 보석과 똑같은 모양을 하고 있었다.

“지역마다 마력 불균형이 이리 심해서야.”

설레설레 고개를 저으며 그녀는 보석을 하늘로 던졌다.

『치유해다오…….』

던져진 보석은 곧 산산이 부서져 빛의 가루가 되었다. 은은하게 퍼져 나가는 빛의 파장. 세크레타는 그 모습을 바라보며 조용히 한숨을 내쉬었다.

“이걸로 한동안 괜찮겠지.”

“마력 밀도가 높아져?”

숙취로 지끈거리는 머리를 감싸 쥐며 일어난 레일리아는 유반 남작의 말에 고개를 갸웃거렸다.

“예. 마법사 말로는 어젯밤부터 갑자기 마력 밀도가 높아졌답니다.”

레일리아는 그 말에 고개를 끄덕였다.

“그럼 주변을 탐색하고 수도에 알려.”

“넵!”

남작이 방을 나가자 다시 침대에 누운 레일리아는 고개를 갸웃거렸다.

대륙 내의 마력 밀도는 시간이 지날수록 줄어들고 있었다. 마력의 진원지인 잃어버린 대지에서 흘러나오는 마력이 적어진 탓도 있었지만, 마법을 너무 남용한 탓도 있었다.

그래서 마법사 연합과 신성교국은 모든 마법 사용을 엄격히 제한하고 있었다. 때문에 마법은 중요한 경우가 아니면 잘 사용하지 않았다.

그런데 하룻밤 만에 마력 밀도가 갑자기 늘어났다니, 레일리아는 이해할 수 없었다.

"어떻게 된 일이지?"

"도시를 전멸시킨 범인, 알고 있지?"

키트리네의 물음에 루델은 고개를 끄덕였다.

"그래."

"말해줄 수 있어?"

한가롭게 낮잠을 즐기던 루델은 키트리네를 돌아보았다.

"드래곤도 모르는 게 있나?"

키트리네는 입술을 삐죽 내밀며 날아올라 그의 배에 내려앉았다.

"야, 무거워!"

"대답해 줘."

밀쳐 내는 손을 뿌리치며 키트리네는 칭얼댔다. 결국 루델은 입맛을 다시며 느긋하게 소파에 등을 기댔다.

“독이야.”

“독?”

“그래. 웬만한 도시 하나는 간단하게 날려 버릴 수 있는 맹독이지.”

키트리네는 고개를 갸웃거렸다. 그녀가 독에 대해 아는 거라고는 암살자들이 사용하는 뿐이었다.

“암살자들이 사용하는?”

“그런 작은 거 말고. 이건 애초에 한꺼번에 많은 사람들을 죽이기 위해 만들어진 무기야.”

“이해할 수 없어. 한꺼번에 넓은 지역을 공격하는 거라면 마법으로도 충분한데.”

“하지만 마법이 없는 시대라면?”

그제야 키트리네는 루델이 하려는 말을 알아차렸다.

“2시대의 유물…….”

“맞아. 화학무기라고 2시대의 유물이지.”

키트리네의 의문은 멈추지 않았다.

“하지만 2시대 유물의 사용법에 대해서는 알려진 게 없을 텐데…….”

“확신할 수 있어?”

루델의 말에 키트리네는 얼굴을 찌푸렸다. 아무리 드래곤이라고 해도 세상일을 전부 알 수는 없었다.

"누군가 알아낸 사람이 있다는 말이야?"

"여기 한 사람 있잖아."

"……."

키트리네는 생각지도 못한 대답에 멍한 표정을 지었다.

"물론 내가 그런 건 아니야. 그리고 나 말고도 누님도 알고 있을 테고."

"그럼 그 인간이?"

"그럴 리가. 누님이 그런 짓을 할 사람도 아니고. 결국 나나 누님 말고도 알아낸 사람이 있다는 이야기야."

"그게 누군데?"

올려다보는 키트리네의 볼을 살며시 잡아 늘리며 루델은 미소 지었다.

"곧 알게 되겠지."

미크론은 길트 대공을 만나고 있었다.

"역사학자 말이오?"

"예. 아마 라울이라는 이름이었을 겁니다."

"흐음. 라울이라……."

길트 대공은 고개를 갸웃거리며 생각에 잠겼다.

"들어본 것 같기도 하오. 그런데 갑자기 역사학자는 무슨 일로 찾는 것이오?"

"저도 이유는 알 수 없습니다. 그저 전하께서 만나고 싶다
고만 하실 뿐."
천천히 고개를 끄덕이며 대공은 말을 이었다.
"걱정하지 마시오. 내 바로 찾아드리겠소."

길트 대공의 연락을 받은 라울은 밀실에서 루델과 대면하
고 있었다.
"오랜만입니다."
"그래. 그런데 재주도 좋군. 대공까지 그쪽 사람이었을 줄
은 몰랐는데?"
"그걸 어찌……."
"뻔한 거 아니겠어?"
루델의 미소에 라울은 씁쓸히 고개를 저었다. 눈앞의 왕자
는 예전이나 지금이나 여전했다.
"그나저나 왜 저를 만나려는 겁니까."
"도시 하나가 전멸했다더군."
"그 이야기는 들었습니다. 흑마법사의 저주라는 소문이 많
더군요."
루델은 턱을 괴며 그를 노려보았다.
"그거 말고 더 할 말 없나?"
"무슨 말인지 모르겠습니다만."
루델은 모르겠다는 듯 딴청을 피우는 라울을 노려보았다.

"그 도시가 하룻밤 만에 묘지가 된 이유는 독가스 때문이야. 아마 2시대의 유물이겠지."

"그렇습니까?"

"내가 알기로 2시대 유물은 아직 사용법이 알려진 게 없거든?"

라울은 여전히 모른 척하고 있었다.

"그런데 막상 생각해 보니까, 그런 것만도 아니더라고. 알고 있을지도 모르는 녀석들을 만난 적이 있었으니까."

"그게 저희들이라는 겁니까?"

루델은 대답하지 않았다. 그저 조용히 라울을 노려볼 뿐. 라울은 그런 루델이 마음에 들지 않았다. 그런 유의 인간들은 언제나 상대하기가 까다로웠던 것이다.

"아쉽지만 잘못 짚었습니다."

"내게 그걸 믿으라는 건가?"

결국 라울은 표정을 굳혔다.

"사실 조직 중에 배신자가 하나 있었습니다."

"배신자?"

"예. 게펠 왕자에게 붙어 있는데, 아직 조직에 대해서는 말하지 않은 모양입니다."

"하지만 고대 무기를 다루는 건 했단 이야기군."

"아마 직접 다뤘을 겁니다."

루델은 생각에 잠겼다. 라울은 그를 쳐다보며 의문을 품을 수밖에 없었다.

고대 2시대 유물에 대한 정보는 자신 일가에게만 전해지는 최상급 비밀이었다. 분명 세상에서 자신들 말고는 알아낸 자들이 없으리라 자부했던 정보였다.

그런데 눈앞의 루델이라는 왕자는 자신들보다 더 많은 정보를 가지고 있는 것 같았다. 결국 라울은 위험을 감수하고 루델을 떠보았다.

"그런데 2시대 유물의 사용법은 어떻게 안 겁니까?"

"내게 그걸 말해줘야 할 의무가 있나?"

"서로 정보를 교환하는 것이 어떻겠습니까?"

그러나 루델은 라울의 제안을 쉽게 받아들이지 않았다.

"정보의 우위는 이쪽이 훨씬 높아. 그리고, 나는 너희 조직을 없애 버릴 수도 있는 위치에 있다는 사실을 잊은 것 같은데?"

"꼭 그런 것만은 아닐 겁니다. 저희는 의외로 쓸모있는 조직입니다."

"그럼 게펠이 사용한 무기에 대해 알고 있는 모든 걸 털어놔 봐."

라울의 고민은 오래가지 않았다. 루델 말대로 정보의 우위가 그에게 있다면 숨기고 있어야 할 이유가 없었다.

"그 유물에 대해 저희가 가진 정보는 바람을 타고 퍼지는 독이라는 사실뿐입니다."

“그 외의 효과는 모르고?”

“예. 치명적인 위력을 가지고 있다는 사실만 전해질 뿐, 자세한 효과는 알 수 없습니다.”

루델의 얼굴이 눈에 띄게 일그러졌다.

“그런데도 그걸 썼단 말이냐?”

“왜 그러십니까?”

“그 유물이 내가 생각하고 있는 후유증을 남기지 않기만을 빌어라.”

“예?”

라울이 되물었지만 루델은 얼굴만 찡그릴 뿐 더 이상 말이 없었다.

Chapter 6
남겨진 재앙의 의혹

REGIS

"어이없는 짓을 잘도 저지르네."

세크레타는 차가운 눈으로 도시를 내려다보았다. 시체 썩는 냄새가 그곳까지 풍겨올 정도로 도시는 강한 죽음의 향기를 품고 있었다.

사태를 파악한 포트란 공국군은 도시 외곽 평원에 주둔하고 도시에 들어가지는 않았다. 아무도 시체로 가득한 지옥에 들어갈 엄두를 내지 못했던 것이다.

"아아, 나도 이젠 몰라."

설레설레 고개를 저으며 그녀는 남쪽으로 몸을 돌렸다.

"넌 누구지?"

하지만 새하얀 옷을 걸친 여인이 그녀를 가로막았다.

하룻밤 만에 도시가 전멸했다는 소문은 전 대륙으로 퍼져 나갔다.

흑마법사의 저주로 하룻밤 만에 멸망한 도시.

그 이야기에 제일 먼저 관심을 드러낸 세력은 다름 아닌 신성교국이었다. 교리에 위배되는 흑마법사의 출현에 교황 라덴바흐는 신경을 곤두세웠다.

교황은 급히 성녀 미우라와 성기사단을 해당 지역으로 파견했다. 신성교국의 교권은 전 대륙에 걸쳐 있었기에 포트란 공국은 그들을 받아들일 수밖에 없었다.

"그래서 아직도 들어가지 못하고 있다는 말인가요?"

팔짱을 낀 성녀 미우라는 서슬 퍼런 눈으로 성기사를 노려보았다.

"죄송합니다. 아직 수련사제들이 대부분인지라……."

"변명은 필요없어요. 내일도 들어가지 못한다면 바로 교국으로 돌려보내겠다고 전하세요. 이 성녀가 직접 교황 성하께 명단을 보낼 테니까."

미우라의 차가운 말에 성기사는 고개 숙여 예를 취하고 숙소로 돌아갔다.

언덕에 오른 그녀는 여전히 팔짱을 낀 도도한 태도로 도시를 내려다보았다. 성벽 근처에 뭉쳐 있는 사람들이 눈에 보이자 그녀의 눈매가 더욱 사납게 가라앉았다.

"공포조차 다스리지 못하는 자들이 어떻게 다른 이들을 구원하겠다는 거지?"

성녀 미우라를 따라 파견된 이들은 대부분 수련사제들이었다. 성기사단은 상징적인 군사력이기 때문에 도시를 수습하는 일은 그녀 휘하의 사제단이 맡아야 했던 것이다.

그러나 그들은 시체로 가득한 도시 안으로 며칠째 들어가지 못하고 있었다.

"한심하게도."

혀를 차며 돌아선 미우라의 눈에 녹색 소녀가 들어왔다.

"응?"

열 살 정도 되었을까? 바닥에 끌릴 듯한 탐스러운 녹색 머리카락을 휘날리며 소녀는 도시를 내려다보고 있었다.

자신의 순백색 신관복과 대조적인 낡고 더러운 옷차림이 눈살을 찌푸리게 했지만 미우라는 호기심을 가지고 소녀에게 다가갔다.

"아아, 나도 이젠 몰라."

소녀는 고개를 저으며 몸을 돌렸다.

미우라는 그런 소녀가 상당히 신경 쓰였다. 멸망한 도시 안에 가족들이 있기라도 했던 걸까? 이런저런 생각을 하며 그녀는 소녀에게 다가갔다.

미우라를 발견한 소녀가 걸음을 멈추자 그녀는 물었다.

"넌 누구지?"

"여행을 다닌다고?"
"예."
빵을 우물거리며 대답하는 소녀의 표정은 차가웠다.
"힘들겠구나, 그 나이에."
"익숙해져서 괜찮아요."
퉁명스레 대답하며 소녀는 고개를 저었다.
미우라는 한쪽에 놓인 허름한 가방과 작은 하프를 바라보았다. 번들거리는 은색의 하프는 척 보기에도 상당히 오래된 물건처럼 보였다.
어린 나이에 음유시인 노릇을 하며 세상을 떠도는 소녀. 왠지 모를 서글픈 마음에 미우라는 고개를 저었다.
"이름이 뭐니?"
"리타예요."
"리타? 귀여운 이름이구나."
그렇게 말하면서도 미우라는 고개를 갸웃거렸다. 언젠가 들어본 적이 있는 것 같은 이름이었기 때문이다.
"그래도 음유시인이라니, 어린 나이에 대단하구나?"
"별로요."
소녀는 여전히 차갑고 변화없는 표정으로 대답했다.
미우라는 그런 소녀에게서 자신을 보았다.

그녀는 교국 내에서 자신이 어떤 평가를 받고 있는지 잘 알고 있었다.

흔히 성녀 미우라라고 하면 사람들은 기분 나쁘다는 표정을 지으며 이야기를 시작했다.

고압적인 태도로 상대방을 깔보는, 성녀라는 말과는 어울리지 않는 여자. 교황조차 초라하게 만드는 신성 마법 실력만 아니라면 일개 사제도 되지 못했을 오만한 여자.

미우라는 그런 이야기를 다 알고 있었지만 애써 무시했다. 자신에 대한 이야기들은 모두 흘려들으며 그렇게 도도하게 살아가고 있었다.

그런데 눈앞의 소녀가 불쌍해 보였던 것이다. 나이에 어울리지 않은 태도로 자신을 대하는 소녀. 아마 다른 이들이 보는 자신 역시 그와 다르지 않으리라.

"도시에는 들어가지 못하니 다른 곳에 가야 할 거야."

"그래요?"

그러나 미우라는 애써 그런 마음을 지우며 평소처럼 말을 꺼냈다.

"그럼 조심해서 가렴."

"네. 성녀님도 조심하세요."

"응."

팔짱을 끼고 서서 말을 건네는 미우라에게 리타는 살짝 고

개를 끄덕여 주고 걸음을 옮겼다. 멀어지는 소녀의 뒷모습을
쳐다보던 미우라는 미련없이 몸을 돌려 평소처럼 도도한 걸
음을 옮겼다.

도시에서 한참 떨어진 곳까지 온 세크레타는 걸음을 멈추
었다.

"성녀라."

몸을 돌린 그녀는 희미하게 보이는 신성교국의 주둔지를
바라보며 고개를 갸웃거렸다.

"닮았군."

그렇게 중얼거리며 세크레타는 가방에서 보석을 꺼냈다.

"이곳도 마력 밀도가 바닥을 기네. 이래서야 신성 마법도
힘을 발휘할 수 없을 텐데……."

다소 짜증이 담긴 표정으로 보석을 들어 올린 세크레타는
갑자기 손을 내렸다.

"훗."

그리고는 손에 들린 보석을 다시 가방에 집어넣었다.

"성녀라. 그래, 성녀란 말이지."

마력 밀도를 높이지 않고 몸을 돌린 세크레타는 장난스런
미소를 지으며 걸음을 옮겼다.

"어디, 힘을 내보라고, 성녀님."

"무리해서 전선을 뚫겠다고?"

레일리아가 전해온 소식에 길트 대공은 화를 냈다.

"예. 전선에 갑자기 마력 밀도가 올라가서 마법사를 활용할 수 있게 되었다고 합니다."

"그건 게펠 왕자도 마찬가지가 아닌가!"

"하지만 용병 부대도 있고 하니 우리 군의 피해는 상대적으로 적으리라 생각됩니다."

대공은 부관의 의견에 지휘소 한쪽에서 차를 마시고 있는 루델 왕자 일행을 흘겨보았다.

부관의 말이 맞았다. 용병 부대를 앞세운다면 포트란 공국군의 피해는 확실히 줄어들 터였다. 그러나 대공은 수도에 머무르고 있는 루델 왕자를 신경 쓸 수밖에 없었다.

전략이나 전술에 전혀 간섭하지 않고 그저 지켜볼 뿐이었지만, 대공으로선 그것이 오히려 더 신경 쓰였다. 도대체 무슨 생각을 하는 것인지 짐작할 수 없었던 것이다.

"좋아. 그렇게 하라고 전해."

"예, 전하!"

"뭘 그리 신경 써?"

느긋하게 차를 마시던 루델은 힐끗힐끗 길트 대공의 눈치를 살피는 미크론과 테일러를 한심한 눈으로 쳐다보았다.

"왠지 시끄럽지 않습니까?"

"무슨 상관이람?"

미크론의 말에 루델이 어깨를 으쓱였다.

"저도 용병 부대가 죽든 말든 신경 안 씁니다만. 방금 마력 밀도가 올라갔다고 하지 않았습니까?"

"그래서?"

시원찮은 루델의 반응에 미크론은 고개를 저었다. 테일러는 그런 친구의 어깨를 두들기며 같이 고개를 저었다.

"이것들이 정말 둘 다 왜 이래?"

"지금 남부군이 주둔 중인 곳은 마력 밀도가 낮은 곳입니다. 이 수도야 뒷산이 잃어버린 대지이니 밀도가 높다지만, 그쪽은 근처에 잃어버린 대지가 없습니다."

미크론의 설명에 루델은 얼굴을 찌푸렸다.

"또 그 얘기야? 할멈은 어떻게 생각해?"

루델 옆에 바짝 붙어서 졸고 있던 키트리네는 눈을 뜨며 대답했다.

"이유없이 마력 밀도가 늘어나는 일은 없어. 누군가 마력을 공급하지 않는 한."

"그래?"

"그러나 마력을 만들어낼 수 있는 물건은 드래곤하트뿐. 그리고……."

잃어버린 대지의 보석이라 말하려던 그녀는 미크론과 테일러를 의식해서 말을 줄였다.

"그럼 드래곤이 지나가다 '어? 여기 마력 밀도 낮네? 올려쥐야지~' 하고 마력을 공급해 주고 갔다는 거야?"

"그런 드래곤은 없어."

단정짓는 키트리네에게 루델이 물었다.

"혹시 전에도 그런 일이 있었어?"

"응. 그런 일은 꾸준히 있어왔어."

"마법사들이 제일 궁금해하는 것 중 하나입니다. 수많은 가설이 있지만 누구 하나 확실히 밝혀낸 것이 없습니다."

키트리네의 대답에 미크론이 설명을 붙였다.

"아무리 생각해 봐도 결국은 누군가가 마력을 퍼뜨리고 다닌다고밖에는 생각할 수 없는데."

"그게 누구인가가 문제인 겁니다."

미크론의 말에 루델은 생각에 잠겼다.

"설마?"

그러다 뭔가 생각난 듯 손가락을 튕기며 루델이 말했다.

"뭔가 짐작 가는 곳이라도 있습니까?"

미크론과 테일러는 나름대로 기대를 가지고 루델의 대답을 기다렸다.

"누님인가?"

그러나 그 기대는 바로 무너질 수밖에 없었다.

"에이, 전하께서 세크레타 공주님을 마음에 두고 계시다는 건 잘 알겠습니다만……."

"……."

테일러가 말도 안 된다는 듯 말을 늘어놓자 미크론은 그의 옆구리를 쿡쿡 찔렀다. 그제야 테일러는 자신의 실수를 깨달았다.

요즘 들어 키트리네의 태도가 변했기 때문이었다. 예전의 무감정한 태도는 어디 가고 루델에게 열심히 안겨드는 모습은 누가 보더라도 그 마음을 짐작할 수 있었다.

"하하, 그렇지는… 죄송합니다."

뚱하게 가라앉는 키트리네의 표정을 조심스레 살피던 테일러는 결국 고개를 숙였다.

"아니야, 일리가 있어. 생각해 봐, 할멈."

뚱한 얼굴로 테일러를 쳐다보던 키트리네는 고개를 끄덕일 수밖에 없었다.

"그럴지도."

애써 미소 짓고 있었지만, 미크론과 테일러는 마음속으로 똑같은 의문을 품을 수밖에 없었다.

'대체 무슨 근거로?'

"강행 돌파인가."

"그럴 생각인 거 같네요."

마법사가 만들어낸 영상을 바라보며 게펠 왕자와 칼스는 전황을 살피고 있었다.

"그래서 갑자기 마력 밀도가 높아졌다는 거야?"

“예.”

“그럼 오랜만에 불놀이를 볼 수 있겠네.”

게펠 왕자가 미소 짓자 칼스는 고개를 저었다.

“너무 남발하면 곤란해요. 마법사 연합이나 신성교국에서 항의가 들어올지도 모르니까요.”

“어쩔 수 없었다고 둘러대면 되잖아?”

“네. 그러시겠죠.”

“용병 부대가 쐐기를 박으면 그 중앙을 돌파한다.”

레일리아의 말에 기사들은 고개를 끄덕였다.

“적 전선이 무너지기 전에 절대로 용병 부대보다 앞으로 나가는 일이 없어야 한다. 이것은 어디까지나 용병 부대의 희생을 전제로 하는 전술이니까.”

“예!”

지시를 끝낸 레일리아는 하늘을 올려다보며 길게 숨을 몰아쉬었다.

“시작해.”

검을 뽑아 든 그녀가 명령을 내리자 긴 뿔피리 소리와 함께 용병 부대가 앞으로 뛰어나가기 시작했다.

“마법으로 지원해라.”

이어지는 명령에 대기하고 있던 마법사들이 영창을 시작했다.

긴 곡선을 그리며 하늘로 길게 뻗어가는 수십 개의 붉은 줄기들. 적진을 향해 떨어져 내리는 붉은 화염들을 바라보던 레일리아의 눈에 적진에서 솟아오르는 붉은 빛줄기가 보였다.

"대응 마법인가?"

"어차피 고위마법사가 없으면 서로 대응할 뿐입니다."

"쳇. 쓸데없는 소모전. 기사단은 천천히 전진한다."

표정을 굳히며 레일리아는 걸음을 옮겼다.

"우어어어어!"

내려쳐지는 도끼를 힘겹게 피하며 게펠은 상대를 노려보았다. 상대는 곰의 머리와 인간의 몸을 가진 커다란 몸집의 괴물이었다.

씩씩대며 땅에 박힌 도끼를 빼 든 괴물은 샛노란 눈을 희번덕이며 게펠 왕자를 노려보았다.

"인간!"

"큭."

압도적인 힘에 질린 그는 급히 뒤로 물러나며 손을 뻗었다.

『타오르는 불꽃의 의지, 날카로운 바람의 화살!』

순식간에 그의 몸 주위에 작은 불덩이들이 모여들었다.

"뚫어라!"

내지른 손을 따라 불덩이들이 괴물을 향해 날아갔다. 그러나 괴물은 피하지 않았다. 온몸으로 날아오는 불덩이를 받아

낼 뿐.

"쿠어억!"

불덩이들이 순식간에 괴물을 감싸며 비명이 울렸다.

"해치웠나?"

"물러서세요!"

멜리아의 다급한 목소리에 게펠 왕자는 급히 뒤로 물러났다. 여전히 불길에 휩싸여 있으면서도 괴물이 도끼를 휘두른 것이었다.

"뭐 이런 게 다 있어?"

"그런 마법으로는 죽지 않습니다!"

『불, 창, 그리고 날개!』

멜리아의 외침에 그녀 앞에 새빨갛게 타오르는 날개를 가진 커다란 창이 만들어졌다.

'통할까?'

흥분한 마음에 자신도 모르게 실전된 마법을 펼친 멜리아는 눈앞에서 열기를 내뿜고 있는 마법의 창을 불안한 눈길로 쳐다보았다.

'망설이고 있을 틈은 없어!'

그러나 고민의 시간은 짧았다.

"죽어라!"

멜리아의 외침에 마법의 창이 불꽃을 뿌리며 괴물을 향해 날아갔다. 괴물은 포효하며 도끼를 내질렀지만 창은 그대로 괴물의 몸에 박혔다.

"쿠어어억!"

고통에 몸부림치는 괴물을 노려보며 멜리아는 마지막 주문을 완성했다.

『버스트!』

새빨간 불의 날개가 회오리치듯 괴물을 감싸 안았다. 맹렬한 기세로 타오르는 불길에 괴물은 비명조차 지르지 못하고 허무하게 주저앉았다.

"우와! 대단한데?"

"감탄하실 때가 아닙니다!"

순식간에 이목이 집중되어 몰려드는 적들을 보며 멜리아는 급히 뒤로 물러났다.

"아, 역시 좀 무리였나."

긴장감이 별로 느껴지지 않는 왕자를 이끌고 뒤로 빠지던 멜리아는 다시 한 번 손을 뻗었다.

『번개, 채찍, 그리고…….』

그러나 멜리아는 주문을 완성하지 못했다. 갑자기 온몸에 힘이 빠져나가면서 주저앉고 말았던 것이다.

'왜?'

"이런!"

게펠은 그런 멜리아를 급히 안아 들고 최대한 빨리 후퇴하기 시작했다.

"인간 주제에 단축 마법을 쓰니까 그렇지."

하늘 위에서 전장을 내려다보던 세크레타가 비웃음을 흘렸다.

"그래도 한 번 사용한 것만큼은 대단한데?"

세크레타는 열심히 도망가는 두 사람에게서 시선을 떼 다른 쪽으로 돌렸다.

게펠 왕자가 구축한 포위망은 서서히 와해되고 있었다.

천 년 전에 벌어진 종족전쟁 때처럼 제대로 된 마법의 도움을 받지 못하는 인간들은 수인족과 아인족의 상대가 되지 못했다.

"물론 그 무기는 통하겠지만."

퇴각 지점에서 대기 중인 칼스를 내려다보며 세크레타는 고개를 저었다.

"정말 제정신이 아니야."

"칼!"

"빨리 퇴각해야 해요. 여기는 곧 폐허가 될 거예요."

거친 숨을 몰아쉬며 게펠 왕자는 고개를 끄덕였다.

"그래. 한꺼번에 모든 유물을 다 쓰기는 좀 아깝지만, 어쩔 수 없지."

"그러게요."

"힘들게 얻어서 한 번밖에 못 쓰다니."

아쉬워하는 게펠 왕자를 쳐다보며 칼스는 침을 삼켰다. 이미 한 번 사용했다는 사실을 그는 모르고 있었던 것이다.

"효과는 확실할까?"

"말려들지 않으려면 빨리 벗어나는 게 좋을 거예요."

"그래!"

멜리아를 안아 든 게펠 왕자는 기사들의 호위를 받으며 빠르게 물러났다.

"너무 쉽지 않습니까?"

급히 퇴각하는 적을 바라보며 유반 남작이 말했다.

"단순한 탐색전이었을지도 모르지."

"수인족이나 아인족을 직접 상대해 보고 싶었을지도 모릅니다."

"하여간 다른 맘 먹기 전에 빨리 이곳을 벗어나는 게 좋겠어."

레일리아는 고개를 끄덕이며 기사단을 전진시켰다.

"음?"

한참 앞으로 나가던 레일리아는 전방에서 벌어지는 소란에 고개를 기울였다.

"무슨 일이지?"

"또 자기들끼리 싸우고 있나 봅니다."

"그러고 있을 때가 아닌데."

혀를 차며 움직이던 레일리아는 뭔가 이상하다는 사실을 알아차렸다.

"평소와는 조금 다른데?"

"그렇습니까?"

자세히 보려고 얼굴을 내밀던 유반 남작은 갑자기 코를 자극하는 이상한 냄새에 고개를 갸웃거렸다.

"뭔가 이상한 냄새가 안 나십니까?"

"마찬가지야. 뭐지?"

의아해하던 레일리아는 조금 더 자세히 보기 위해 그들에게 다가갔다.

"이럴 수가."

레일리아는 눈앞에서 벌어진 참상에 할 말을 잃었다. 온몸이 부풀어 오르면서 목이나 가슴을 잡고 괴로워하는 용병들을 보았던 것이다.

"어째서……."

의문을 품던 레일리아는 갑자기 눈앞이 침침해지는 걸 느끼며 눈을 비볐다.

"남작!"

다급히 소리를 질렀지만 레일리아는 그의 대답을 듣지 못했다. 온몸에 힘이 풀리며 아무것도 보이지 않았던 것이다.

숨 쉬기조차 힘들어지며 가려움을 동반한 고통이 그녀의

몸을 뒤흔들었다. 레일리아는 희미해져 가는 의식 속에서 자신에게 달려오는 어린 올리비아의 모습을 떠올렸다.

"공주님……."

그것이 그녀가 마지막으로 남긴 말이었다.

"끔찍하네."

여전히 하늘 위에서 무표정한 얼굴로 전장을 내려다보며 세크레타가 중얼거렸다.

"자아, 이제 어쩌실 텐가? 후유증이 만만치 않을 텐데?"

그녀는 바람이 불어오는 쪽으로 후퇴 중인 게펠 왕자의 군대를 보며 조용히 미소 지었다.

"맙소사."

게펠 왕자는 넋을 잃었다.

"저런 무기였단 말이야?"

전장은 흉측하게 변한 적들의 시체로 가득했다. 차마 눈뜨고 보기 어려운 그 광경에 게펠은 주먹을 쥔 손을 떨었다.

"저희들도 몰랐어요. 그저 사용법만 알고 있었을 뿐이라고요."

의식을 잃은 멜리아를 대신해 칼스가 대답했다.

"그래, 그랬지. 어떻게 너희들을 탓하겠냐."

힘없이 고개를 숙이며 게펠은 걸음을 옮겼다.

“서부 지방은 포기한다. 이번에 손에 넣은 곡창지대만으로
도 충분해.”

“예.”

고개를 끄덕인 칼스는 멜리아를 안아 들며 전장으로 아쉬
운 눈길을 돌렸다.

“하나 정도는 남겨뒀어야 했는데.”

다급한 마음에 발굴한 유물을 전부 사용한 게 너무 아까웠
다. 멜리아의 말대로 비장의 수는 하나쯤 남겨둬야 했는데 그
러지 못한 것이 아쉬웠던 것이다.

“어쩔 수 없군.”

칼스는 미련없이 몸을 돌렸다. 남은 것은 한동안 우울해할
게펠 왕자를 달래는 일이었다.

“조금은 냉정해지셨으면 좋으련만…….”

“전멸?”

“전멸은 아니고 몇십 명 살아났답니다.”

미크론이 전해준 전황에 루델은 고개를 기울였다.

“그래서? 살아남은 사람들은 어디에 있지?”

“오늘 아침에 수도로 귀환했습니다.”

“뭐?”

루델이 갑자기 몸을 일으키며 소리 질렀다.

“왜 그러십니까?”

"게펠은? 그 자식은 뭐 하고 있지?"

홍분을 감추지 못하는 루델의 행동에 의아해하면서도 미크론은 말을 이었다.

"서부 지방을 포기하고 물러났답니다. 이유는 아직 알려지지 않았습니다."

"이런 약아빠진 자식."

탁자를 걷어차며 루델은 신경질을 냈다.

"전하?"

"대공을 불러와. 그 라울인가 하는 자식도 같이."

"예!"

심상치 않은 루델의 반응에 미크론은 급히 방을 나갔다.

"왜 그래?"

고함 소리에 잠에서 깬 키트리네가 묻자 루델은 한숨을 내쉬었다.

"후우, 아무래도 여길 뜨는 게 좋겠다."

"그러니까 왜?"

"곧 전염병이 돌 거니까."

키트리네는 눈매를 좁혔다. 루델이 말한 2시대의 유물에 대해 떠올랐기 때문이었다.

"그냥 독이 아니야?"

"이건 단순히 독으로 사람을 죽이는 게 아니라 한 지역 자체를 죽음의 땅으로 몰고 가는 최악의 무기야. 결국 동부 지역의 도시도 게펠 놈이 저지른 짓이었어."

루델은 이를 갈았다.

키트리네는 루델이 그렇게 화를 내는 모습을 거의 본 적이 없었다. 도대체 얼마나 끔찍한 무기기에 그가 그렇게 화를 내는 것인지 궁금해진 그녀였다.

밀실에 자리한 라울과 길트 대공은 루델 옆에 자리한 키트리네를 불편한 시선으로 쳐다보았다.

"뭐 불만이라도 있나?"

"이 소녀는 내보내는 것이 좋지 않겠습니까?"

"후후후."

라울의 말에 루델은 비릿한 미소를 지었다.

"할멈."

별로 마음에 들지는 않았지만 키트리네는 몸을 감싸고 있던 마법을 풀었다.

"…요정?"

은은한 빛을 뿌리며 갑자기 등에 날개를 드러낸 소녀의 모습에 라울은 자신도 모르게 중얼거렸다.

"나는 키트리네. 맹약의 키트리네다."

그러나 이어진 키트리네의 선언과도 같은 말에 둘은 어이없는 표정을 지을 수밖에 없었다.

"맹약의 키트리네라고? 무슨!"

"못 믿겠지만 사실이야. 아닌 것 같아 보이긴 하지만 정말 본인이 맞아."

루델은 둘에게 해명했지만 두 사람은 쉽게 받아들이지 않았다.

"그럼 여기서 원래 모습이라도 드러내야 할까?"

루델의 빈정거림에 키트리네는 고개를 저었다.

"뭐 믿든 말든 상관없어."

결국 루델은 퉁명스런 표정으로 대공을 노려보았다.

"대체 어쩌자고 부상자들을 수도로 들인 거지?"

"그럼 내치란 말이오? 자랑스런 왕국의 기사들을?"

화를 내는 대공을 쳐다보던 루델을 고개를 돌렸다.

"이봐, 그 무기의 위험성에 대해 알려주지 않았나?"

"솔직히 믿기 어려운 게 사실 아닙니까?"

"잘들 논다."

루델은 미리 준비해 온 지도를 탁자 위에 펼쳤다.

"전투가 벌어진 곳에서부터 수도까지 유동 인구를 철저히 확인해 둬. 그리고 전쟁에서 살아남은 이들은 전부 수도 밖으로 내몰아서 따로 격리시켜라."

수도와 전장을 중심으로 커다란 원을 그린 루델은 둘을 잠시 쳐다보고는 말을 이었다.

"무슨 전염병이 퍼질지는 아직 알 수 없어. 그러니 수상한 증상을 보이면 그게 무엇이든 바로 내게 말해라. 그리고 주민

들에게 손발 잘 씻고, 물은 끓여 먹고, 쥐 좀 잡아서 태우라고
알려.”

루델의 말이 끝났지만, 둘은 여전히 멍한 상태였다.

“알겠어?!”

주먹으로 탁자를 내려치며 소리치고 나서야 둘은 고개를
끄덕였다.

“대공은 가서 그대로 지시하도록 하고. 라울은 남아.”

“예.”

루델의 박력에 대공은 자신도 모르게 고개를 끄덕이며 밀
실을 나섰다.

“저는 왜 남으라고 하신 겁니까?”

불안한 시선으로 키트리네와 루델을 번갈아 쳐다보며 라
울이 물었다. 루델은 그런 그를 지그시 노려보며 입술을 훔쳤
다.

“이번 생화학무기 말고, 너희들이 알고 있는 고대 무기에
대한 정보를 넘겨.”

“예?”

“못 알아들었나?”

라울은 얼굴을 찌푸렸다. 루델의 요구는 말도 안 되는 것이
었다. 그 정도의 정보를 공개하다니 그것은 달의 날개의 존폐
자체를 위협하는 일이었다.

“이유가 무엇입니까?”

"해가 되는 무기는 전부 찾아서 없앨 생각이다."

"도움이 되는 무기는 찾아서 사용하고 말입니까?"

"도움이 되는 무기?"

라울의 질문에 루델은 비웃음을 지으며 되물었다.

"도움이 되는 무기라. 그따위 것들 없어도 나는 더 나은 걸 만들어낼 능력이 있어."

키트리네는 놀란 얼굴로 루델을 쳐다보았다. 그리고 그것은 라울 역시 마찬가지였다. 고대의 유물조차 뛰어넘는 무기를 만들어낼 수 있다니. 믿을 수 없었다.

"손가락 하나로 이 대륙을 사람 하나 살지 않는 죽음의 땅으로 만드는 것도 가능하지."

"……"

라울은 침을 삼켰다.

루델의 얼굴에서는 도저히 거짓을 찾아볼 수 없었다.

"정말입니까?"

"그래."

"시간이 필요합니다."

고민하던 라울은 결국 그렇게 대답했다.

"좋아. 기다려 주지."

"정말이야?"

라울까지 돌아가자 키트리네가 굳은 얼굴로 물었다.

"뭘?"

"손가락 하나로 대륙을 죽음의 땅으로 만들 수 있다고 했잖아."

루델은 어깨를 으쓱이며 싱거운 미소를 지었다.

"그걸 믿어?"

"에?"

"그런 게 가능할 리 없잖아. 그리고 만들 수 있었다면 벌써 만들었지 이러고 있었겠어?"

"하긴……."

그제야 키트리네는 안도하며 고개를 저었다.

"난 정말 그런 줄 알았단 말야."

"걱정하지 말라니까. 그보다, 어쩔래?"

키트리네를 번쩍 들어 올리며 루델이 말을 이었다.

"아무래도 여긴 너무 위험해. 너는 먼저 돌아가는 게 좋을 거 같아."

"싫어……."

키트리네는 그래도 같이 남아 있고 싶었다. 그러나 루델은 고개를 저었다.

"안 돼. 이번엔 절대로 안 돼."

토라진 키트리네의 머리를 쓰다듬으며 루델은 미소 지었다.

"걱정이 돼서 그런 거야."

“정말 괜찮으시겠습니까?”

미크론의 걱정스러운 질문에 루델은 고개를 끄덕였다.

“내가 그리 쉽게 죽을 거 같냐. 걱정하지 말고 시킨 일이나 확실히 처리해.”

“알겠습니다.”

루델이 넘겨준 전염병 예방 대책을 확인하며 미크론은 고개를 끄덕였다.

“아참, 지금쯤 할아버지께서 2차 용병 부대를 이끌고 출발하셨을지도 모르겠네. 어쩔까, 볼티아 요새로 보내줄까?”

“아무래도 그게 좋을 것 같습니다.”

고개를 끄덕이며 루델이 손을 들자 미크론은 잊고 있었다는 듯이 손을 들었다.

“아, 폐하께는 어떻게 전합니까?”

“뭘?”

“올리비아 공주의 유모, 전사했지 않습니까?”

“그랬나?”

미크론은 입맛을 다셨다. 대공은 분명 레일리아와 자신의 동생인 유반 남작이 전사했다는 소식을 알려주었지만, 그것은 루델의 관심 밖의 일이었다.

“그래도, 제가 전하는 것보다는······.”

“흠.”

루델은 잠시 생각에 잠겼다.

레일리아는 올리비아 공주만이 아닌 베르데 여왕과 하운드 공작과도 깊은 인연이 있는 사람이었다. 그래서 미크론은 직접 그 소식을 전하기가 어려웠다.

“늦게 알아봐야 좋을 거 없지. 네가 직접 전하도록 해.”

“예?”

놀라는 미크론에게 루델은 덧붙였다.

“아니다. 할아버지께만 슬쩍 말하도록 해. 어머니께는 할아버지께서 말하시겠지. 그리고 올리비아 공주는… 뭐, 그것도 어머니께서 알아서 하시겠지.”

“그건 좀⋯⋯.”

미크론은 뭐라 할 말이 없었다.

자신들 중에 올리비아 공주의 마음을 모르는 이는 없었다. 그리고 그녀가 레일리아의 죽음을 어떻게 받아들일지 눈에 선했다.

“알겠습니다. 그럼 하운드 공작에게만 전하겠습니다.”

그 말을 끝으로 루델은 힘을 펼쳤다.

썩어가는 시체와 코를 찌르는 냄새가 가득한 전장. 세크레타는 레일리아의 시체를 내려다보다 목에 걸린 펜던트를 벗겨냈다.

“살려줄 걸 그랬나?”

잠시 펜던트와 시체를 번갈아가며 쳐다보던 그녀는 곧 고개를 저었다.

"내가 상관할 일은 아니지."

그렇게 그녀는 아무렇지도 않게 펜던트를 가방 속에 집어넣었다.

"전술형 복합탄두라, 이게 얼마 만이지."

걸음을 옮겨 바닥에 널린 빈 원통을 주워 든 그녀는 고개를 저으며 힘을 펼쳤다.

"껍데기들은 제거해야겠군. 결과물은 어쩔 수 없지만."

『녹아라.』

짧은 한마디 말에 빈 통들이 모조리 녹아내렸다.

"자, 이제, 응?"

빈 통들이 흔적도 안 남고 녹아버리자 몸을 돌리던 세크레타는 갑자기 남쪽 하늘을 바라보았다.

"원거리 공간전이. 인원은 세 명인가? 울란에서 볼티아 요새까지로군."

그녀는 부드러운 미소를 지으며 몸을 돌렸다.

"그럼 루는 울란에 있겠네. 잘 지내려나?"

"콜레라도 아니고, 페스트도 아니고, 뭐야 이건?"

길트 대공이 전해준 보고서를 훑어보며 루델은 얼굴을 찌푸렸다.

"백신도 없는 세상이니 예방과 격리밖에 할 수 있는 일이 없겠군."

머리를 감싸 쥐며 고민하던 루델은 고개를 기울이며 문서를 뒤적였다.

"잠깐. 먼저 공격을 받았던 동부 도시는?"

길트 대공이 전해준 보고서에는 동부 도시에 대한 내용이 없었다.

"하여간 제대로 하는 놈이 없어요."

이를 갈며 루델은 자리에서 일어났다.

"후우."

피곤에 지친 몸을 달래며 길트 대공은 깊은 한숨을 내쉬었다. 루델 왕자의 경고대로 일주일 만에 전염병이 수도를 휩쓸었다.

"미칠 노릇이군."

얼굴을 감싸 쥐며 대공은 괴로움을 달랬다. 그에겐 몇십 년 만에 만난 레일리아와 동생 유반의 죽음을 슬퍼할 겨를도 없었다.

"전하께는 어떻게 알려야 할까."

피시스 왕국에 있을 올리비아 공주를 떠올리는 그의 마음은 더욱 괴로웠다.

"아니야. 괴로워하고 슬퍼하는 건 모든 일이 끝난 뒤에 해도 늦지 않다.”

대공은 마음을 다잡으며 다시 문서를 들췄다.

“좋은 자세야.”

“아!”

그런데 갑자기 루델 왕자의 목소리가 들렸다.

“무슨 생각을 하길래 들어온 줄도 모르고 있나 했더니. 그래, 그 말대로다. 괴로워하는 건 모든 일이 끝난 후에 해도 늦지 않지.”

“……”

대공은 아무 말도 하지 않았다. 그저 침울한 얼굴로 고개를 숙일 뿐.

“내 얼굴 보기 싫은 건 이해하겠는데, 보고서가 하나 빠졌더군.”

“예?”

“먼저 당한 동부 도시에 대한 보고서가 없어. 왜 빠뜨린 거지?”

“그건……”

길트 대공은 짧은 한숨을 내쉬며 말을 이었다.

“그곳은 신성교국으로 자치권이 넘어갔습니다.”

“뭐라고?”

“신성교국의 라덴바흐 교황의 요구로 그곳의 자치권은 당분간 교국에 귀속될 겁니다.”

"신성교국?"

루델은 고개를 기울였다.

"아니, 아무리 신성교국이라지만 다른 나라의 땅을 멋대로 점거해도 되는 거야?"

"애초에 흑마법사의 저주로 도시가 멸망했다는 소문 때문입니다."

"하하하하!"

루델은 기쁜 듯 크게 웃었다.

"범인이 게펠 녀석이라는 말을 안 한 거야?"

"그럴 여유가 없었습니다. 증거도 없었고."

웃음을 멈춘 루델은 진지한 얼굴로 생각에 잠겼다.

"그곳에도 여기와 같은 전염병이 발생한 모양입니다."

"호오."

관심을 드러내는 루델을 쳐다보며 대공은 고개를 저었다.

"아쉽게도 독에 당한 상처는 신성 마법으로 치료가 가능하지만 전염병은 치료가 안 되고 있답니다."

"그건 정말 아쉽군."

"어려운 이야기입니다. 그 유명한 성녀의 신성 마법조차 치료하지 못하는 병이라니."

대공의 말에 루델이 눈썹을 꿈틀거렸다.

"성녀?"

"아, 피시스 왕국에는 교국이 진출하지 않았으니 모르실 겁니다.”

“성녀라고?”

지대한 관심을 보이는 루델을 쳐다보며 대공은 고개를 끄덕였다.

“예. 이름은 미우라. 열세 살이라는 나이에 성녀의 자리에 오른 걸로 유명합니다. 성격에는 문제가 좀 많다는 소문이 있습니다만, 신성 마법 실력만큼은 교황조차 간단하게 넘어선다고 들었습니다.”

“그래?”

그의 대답에 루델은 계속 고개를 갸웃거렸다.

“성녀란 말이지?”

“왜 그러십니까?”

뭔가 이상한 루델의 반응에 대공은 조심스럽게 물었다.

“혹시 마녀 트리시에 대해 아나?”

“예. 성녀 트리시나님을 살해한 악독한 마녀입니다.”

“뭐?”

대공의 대답에 루델은 얼굴을 찡그렸다.

라울은 굳은 얼굴로 생각에 잠긴 루델을 쳐다보았다. 루델의 제안을 받아들일지 아직 결정하지 못한 라울은 초조하게 루델의 말을 기다렸다.

“마녀 트리시에 대해 알아?”

“예.”

“내가 대공에게 트리시나라는 이름을 들었는데. 둘의 관계에 대해서 얼마나 알고 있지?”

예상과는 다른 루델의 질문에 라울은 고개를 기울였다.

“나는 마녀 트리시가 원래 성녀였던 걸로 알고 있는데. 어째서 대공은 마녀 트리시가 성녀 트리시나를 살해했다고 알고 있는 거지?”

라울의 표정이 딱딱하게 굳어졌다. 밀실인데도 급히 주위를 살피며 그는 조용히 입을 열었다.

“그건 어떻게 알고 계신 겁니까?”

“뭐야. 왜 그렇게 심각해?”

여전히 불안한 기색을 감추지 못하며 라울은 낮은 목소리로 대답했다.

“원래 성녀 트리시나는 존재하지 않는 사람입니다.”

“뭐?”

“250년 전의 성녀는 트리시가 맞습니다. 하지만 모종의 사건으로 흑마법에 손을 대었다는 혐의를 받았습니다. 실제로 흑마법을 배웠는지까지는 저희도 알아내지 못했습니다만.”

“실제로 배웠어.”

“예?”

라울은 놀란 얼굴로 되물었다.

“실제로 흑마법을 배웠다고.”

“그걸 어떻게…….”

“아무튼 계속해 봐.”

멍한 표정으로 루델을 쳐다보던 라울은 이야기를 계속했다.

“결국 혐의를 벗지 못한 트리시는 처형을 받게 됩니다만, 당시 누군가의 도움으로 처형 직전에 탈출하게 되었습니다.”

“그럼…….”

“당시 교황은 감히 성녀가 흑마법에 손을 댔다는 이야기를 발표할 수 없었습니다.”

“그래서 성녀가 마녀에게 죽은 걸로 위장했다?”

“예. 하지만 이 사실을 알고 있는 사람은 아마 저와 멜리아밖에 없을 겁니다. 저희 조직에서도 최고권자에게만 전해지는 정보입니다. 그런데 어떻게 아시는 겁니까?”

루델은 팔짱을 끼며 여유로운 미소를 지었다.

“글쎄. 본인을 만났다면 대답이 될까?”

“그녀는 250년 전 사람입니다.”

“아 글쎄, 1년 전에 만났다니까. 그리고 본인에게 들었지. 흑마법에 손댔다가 마녀로 몰려 처형당할 뻔했다고.”

라울은 싱글거리는 루델을 이해할 수 없었다. 분명 트리시는 인간이었다. 수인이나 엘프가 아니었던 것이다. 그런 그녀가 250년 넘게 살아 있다니 믿을 수가 없었다.

“잠깐만. 250년이라고?”

“예.”

「250년, 리타 언니, 엄마…….」

루델은 갑자기 멍한 표정으로 알아들을 수 없는 말을 중얼거렸다.

“알았으니까 그만 가봐. 혼자 있고 싶다.”

갑자기 표정을 굳히며 자신을 내치는 루델을 의아한 눈으로 쳐다보며 라울은 밀실을 나섰다.

혼자 남은 루델은 주위를 힐끗 둘러보다 파멸의 힘으로 공간을 차단했다.

“나도 멍청했지.”

완벽하게 격리된 공간에 혼자 남은 루델은 멍한 표정으로 고개를 저었다.

“그러고 보니 여신 뮤도 지구의 말을 알고 있었어. 할멈과 여신은 그렇다 쳐도, 250년 전의 트리시는 어떻게 리타 언니라는 말을 했을까. 알 수 없군.”

머리를 감싸 쥐며 고민하던 루델은 침을 삼키며 고개를 기울였다.

“열 살 때부터 자라지 않는 저주받은 공주. 나와 경우가 같다면 나도 열 살 때부터 자라지 말았어야 해. 그렇지 않다는 건 뭔가 다른 이유가 있다는 건데.”

고개를 갸웃거리던 루델은 눈매를 좁히며 자신을 둘러싼 벽을 둘러보았다.

“설마 이 공간 제어력을 다루는 실력의 차이인가?”

루델은 고개를 끄덕였다.

“그래. 그것이 정답에 제일 가깝겠군. 누님은 스스로 공간 전이를 했었으니. 그럼 나도 그 정도 경지에 이르면 누님처럼 초월할 수 있는 건가?”

입술을 잘근잘근 씹으며 루델은 고민했다.

“초월자라, 나쁘지 않군.”

고민을 끝냈는지 루델은 짙은 미소를 지으며 소리없이 어깨를 들썩였다.

“후후후.”

“성녀 미우라가 동부 도시에 있다고 했나?”

“예.”

루델의 질문에 대공은 고개를 끄덕였다.

“아직까지 전염병은 치료하지 못하고 있고?”

“그렇습니다.”

“좋아. 그럼 신성교국으로부터 도시를 넘겨받는다.”

“예?”

대공은 놀란 얼굴로 루델을 쳐다보았다. 신성교국은 절대로 만만한 존재가 아니었다. 함부로 이것저것 요구할 수 없는 상대였던 것이다.

“그들은 무시할 것입니다.”

"왜?"

"당연한 일입니다. 교국은 언제나 점거한 땅에 일어난 일을 모두 해결한 뒤에야 반환했습니다."

듣고 있던 라울이 대답했다.

"그래?"

"예. 그것은 그들의 방침이자 자랑거리입니다. 역사상 항상 그래 왔습니다."

"의외로 성실한데?"

루델은 쓴웃음을 지었다.

"그럼 전염병을 해결하지 않는 한 절대로 도시를 넘겨주지 않을 거라는 이야기네?"

"그렇습니다. 절대로 넘겨주지 않을 겁니다. 이제 와서 게펠 왕자의 계략으로 멸망당한 도시라고 말해도 소용없습니다."

턱을 괸 채 생각에 잠기던 루델은 곧 고개를 기울이며 되물었다.

"그런데 원래 그 도시에 머물던 사람들은 전부 죽었잖아?"

"예."

"그럼 지금 있는 자들은 뭐야?"

"조사하러 갔던 이들과 북부군의 잔당들입니다. 들리는 말에 의하면 해결하러 도시에 들어간 사제들 중에서도 감염된 이들이 있다고 합니다."

루델은 가벼운 웃음을 흘리며 고개를 저었다.

"혹 떼러 갔다가 붙여 온 격이구만?"

"그렇긴 합니다."

"그런데 근방의 상황은 어떻지?"

루델의 질문에 길트 대공은 서류를 넘기며 대답했다.

"새로 감염되는 이들은 극히 적습니다. 전하께서 지시한 일을 거의 강제로 시행하고 있기 때문에 덕을 보고 있다고 생각하시면 됩니다."

"감염자들은?"

"완벽히 격리 중입니다."

맘에 드는 듯 고개를 끄덕이며 루델은 미소 지었다.

"좋아! 그럼, 이걸로 패는 모였군. 라울은 나와 함께 동부 도시로 가자."

"예?"

"성녀에게 알아볼 일이 있어."

라울은 눈을 빛냈다.

"성녀에게 말입니까?"

"그래. 너희들에게도 좋은 일일 텐데?"

라울과 대공은 서로 눈빛을 교환했다. 루델의 말대로 그리 해가 될 일은 아닌 듯싶었다.

"일단 책임자는 나니까, 포트란 공국에는 별다른 피해가 없을 거야. 책임 소지가 생겨도 피시스 왕국으로 돌려 버리면 되니까."
"그래도 괜찮겠습니까?"
"삼백 년간 산맥 너머에 진출해 달라고 그렇게 부탁했는데도 맹약을 이유로 거절한 그들이야. 스스로 그걸 어기지는 않을걸?"
"흐음. 알겠습니다."
결국 라울은 루델의 제안을 받아들였다.

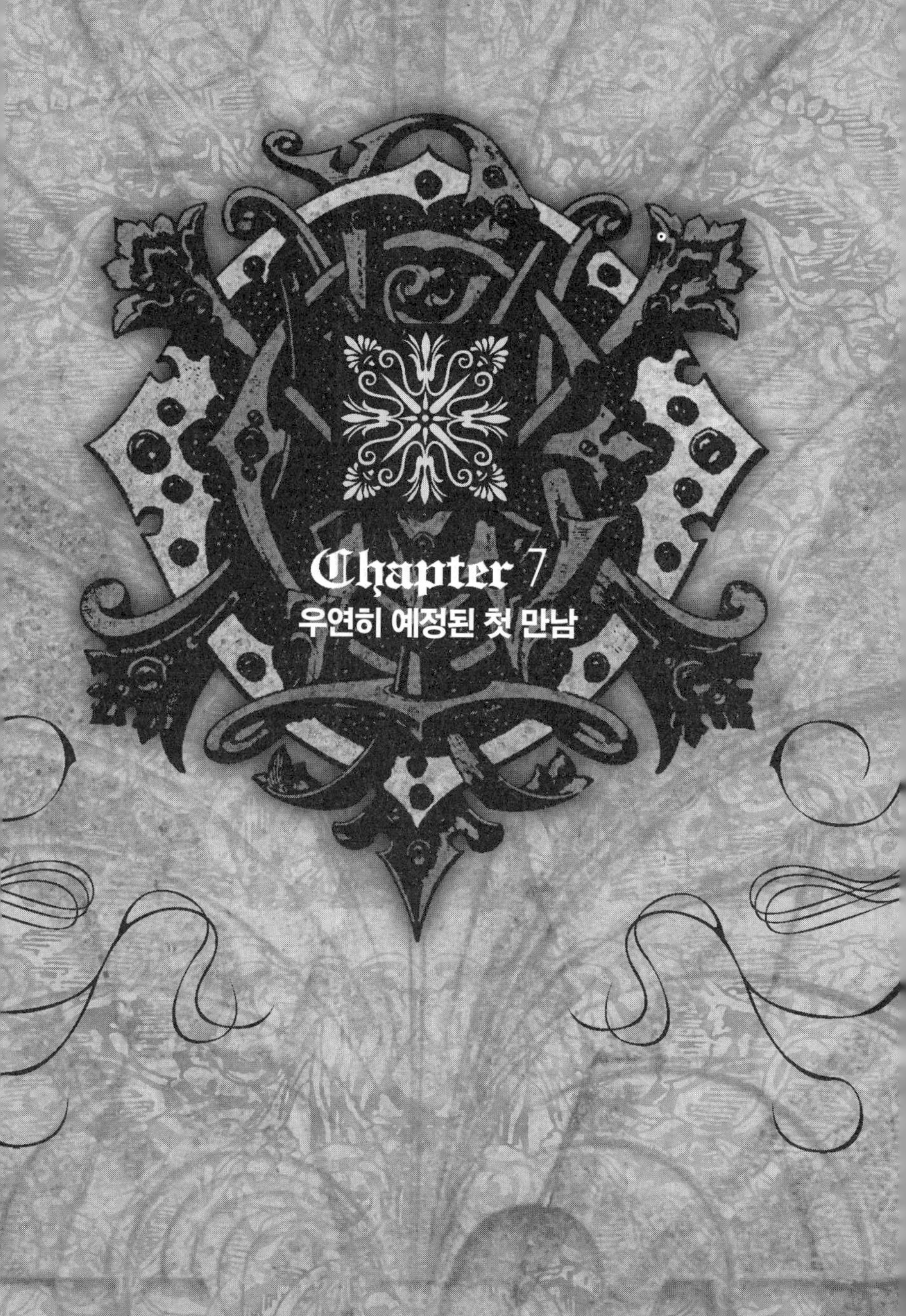
Chapter 7
우연히 예정된 첫 만남

REGIS

 "성녀가 그 도시에 있다고 했지?"

동부 도시 미켈로 가는 마차 안에서 루델과 라울은 이야기를 나누고 있었다.

"예. 그녀가 이번 조사단의 책임자를 맡고 있습니다."

"조사단?"

"어쨌든 흑마법사에 대한 조사였으니 그럴 수밖에 없습니다."

루델은 짧은 웃음을 지었다.

"그런데 대공 말로는 성격에 문제가 좀 있다면서?"

"아아."

라울은 입맛을 다시며 고개를 저었다.

"왜, 무슨 문제라도 있어?"

"하하. 성녀라면 어떤 이미지가 떠오르십니까?"

"흐음."

마차의 지붕을 올려다보며 루델은 고개를 갸웃거렸다.

"성녀라면 무언가 고결하고, 자애로우며, 희생적인 그런 이상적인 여인이 아닐까?"

라울은 얼굴 가득 미소를 머금은 채 대답했다.

"일반적으로는 그렇습니다."

"대체 어떻기에 그러는 거야?"

"성녀 미우라에 대한 이야기는 많습니다. 역사상 가장 어린 나이에 성녀가 된 데다, 신성 마법이 가장 뛰어났다고 평가받는 성녀 트리시나에 필적할 능력을 가지고 있다고 알려져 있습니다."

"그래?"

"다만, 성격이 좀 인간미가 떨어진다랄까. 교황을 제외한 모든 이에게 고압적이고 도도한 태도를 보인다고 하니 그 성품만 보자면 성녀에는 어울리지 않는 사람입니다."

라울의 말을 듣던 루델은 기묘한 표정을 지었다.

"뭔가 좀 이상한데?"

"하하. 일단 신성교국의 성녀는 교황 다음의 권력을 가진 자리입니다. 게다가 자격은 누구에게나 있습니다. 문제가 되는 것은 성격보다는 실력입니다."

"성격은 개차반인데 실력은 좋다?"

"현 교황인 라덴바흐님마저도 초라하게 만들 실력이라니 무슨 말이 필요하겠습니까."

"완벽한 인간은 없다는 건가?"

실없이 웃으며 루델은 고개를 저었다.

"하긴, 트리시도 좀 얼빠진 성격이긴 했지만."

"흐음. 왠지 궁금해집니다?"

"솔직히 다시 만나고 싶진 않은데?"

뚱한 표정을 짓던 루델은 곧 고개를 저었다.

"아니, 다시 만나야 할 필요가 있어."

"그때는 저도 데리고 가주셔야 합니다."

눈을 빛내는 라울을 쳐다보며 루델은 피식 웃었다.

"훗, 그러든가."

성녀 미우라는 상당히 기분이 좋지 않았다.

전염병에 감염되는 사람들은 계속 늘어가고 있었고, 도시 주변의 마력 밀도는 계속 낮아지고 있었다. 얼마나 마력 밀도가 낮은지 그녀를 제외하고는 신성 마법을 사용할 수 있는 신관이 없었다.

그녀의 신성 마법으로 독에 감염된 사람들은 무난히 치료가 가능했지만, 원인을 알 수 없는 전염병은 그녀의 신성 마법으로도 치료가 불가능했다.

다른 신관들이었다면 자신보다 뛰어난 신관을 부르면 되었지만 그녀는 자신보다 뛰어난 신관이 없었으니 그저 애꿎은 손톱만 물어뜯을 수밖에 없었다.

"도대체 어떻게 해야 하지?"

손바닥 위에 치유의 빛을 모아보며 미우라는 한숨을 내쉬었다. 이젠 자신의 힘으로도 조그만 빛을 모으는 것이 전부일 정도로 마력 밀도는 바닥을 기고 있었다.

"이럴 때만 왜 늘어나지 않는 거야."

최근 다른 지역에서 이유없이 마력 밀도가 높아지는 경우가 늘어났다는 소식을 전해 들은 그녀는 더욱 애가 탔다.

"근처는 다 올랐는데, 왜 여기만 오르지 않는 거냐고!"

"성녀님."

한창 신경질을 부리고 있던 그녀는 자신을 부른 성기사를 돌아보았다.

"무슨 일이죠?"

"피시스 왕국의 루델 왕자가 찾아왔습니다."

"피시스 왕국?"

미우라는 고개를 기울였다. 들어본 적이 있는 나라였다. 이백 년 넘게 라벨 산맥 너머로 진출해 달라고 매년 사신을 보내왔던 왕국이었다.

드래곤의 맹약 때문에 거절해 왔었는데, 이젠 지쳐 버린 것인지 몇 년 전부터는 더 이상 사신을 보내지 않고 있었다.

"그 왕자가 왜 저를 만나려는 거죠?"

눈을 치켜뜬 그녀의 질문에 성기사는 헛기침을 했다.

"포트란 공국은 사실상 피시스 왕국의 속국입니다."

"그래서요?"

성기사는 짜증을 억누르며 대답했다.

"이 도시는 포트란 공국의 땅이지만, 피시스 왕국의 땅이기도 합니다."

"그렇군요. 그럼 우리가 산맥 너머로 진출하지 않은 걸 핑계로 도시의 자치권을 돌려받으러 온 건가요?"

"그럴지도 모릅니다."

성기사는 뚱한 얼굴로 고개를 끄덕였다. 그 정도까지 유추해 낼 수 있으면서 자신에게 묻는 성녀의 태도를 이해할 수 없었던 것이다.

"그럼 기다리라고 하세요. 제가 갈 테니."

"예."

미우라의 말에 성기사는 안도하며 방을 나갔다.

다시 혼자가 된 미우라는 루델 왕자의 의도를 짐작해 보았다.

"정말 그걸 핑계로 도시의 자치권을 돌려달라고 온 걸까? 그렇다고 여기에서 물러설 수는 없는데……."

그것은 오랫동안 지켜져 온 신성교국의 전통을 저버리는

일이었다.

"그래, 절대로 물러설 수 없지."

한참을 고민하던 그녀는 눈매를 가다듬으며 방을 나섰다.

"조금, 늦으시는 모양입니다."

초조해하는 성기사를 힐끗 쳐다보며 라울이 말했다.

"조금? 이게 조금이라고 생각하는 거야?"

"아 뭐, 그건……."

루델이 화를 냈지만 라울은 동조할 수 없었다. 묵묵히 고개를 숙이는 성기사의 모습을 보았기 때문이다.

성녀 미우라가 도착한 것은 그로부터 반나절이 더 지난 후였다. 일부러 일찍 찾아온 루델과 라울로서는 심히 짜증나는 일이 아닐 수 없었다.

"미우라예요."

"루델 왕자 전하십니다."

잔뜩 찌푸린 얼굴로 노려보는 루델을 대신해 라울이 인사를 건넸다.

"당신은요?"

"아, 저는 전하의 보좌관인 라울이라고 합니다."

"그렇군요."

성녀가 자신의 대답에 전혀 관심없다는 태도를 보이자 라울은 눈썹을 꿈틀거렸다. 하지만 어쩔 수 없었다. 아니꼬워도 실질적으로 그는 아무 힘이 없었으니까.

"그래, 저를 보러 오셨다고요?"

"예."

"흠. 무슨 일로 오셨는지 짐작이 가네요."

"아, 그럼 이야기가 쉬워지겠습니다."

미우라는 미소 지었다. 조금 사나워 보이는 인상과는 달리 다루기 쉬운 상대처럼 느껴졌기 때문이었다.

"아쉽지만, 아직 우리는 자치권을 넘겨 드릴 수 없다는 말을 전해 드려야겠네요."

미우라가 살며시 눈웃음을 치며 말하자 루델은 황당하다는 듯한 표정으로 고개를 기울였다.

"예?"

"그걸 원한 게 아니었나요?"

"아, 아. 저, 저는 그러니까."

루델은 말을 더듬으며 얼굴을 붉혔다.

"서, 성녀님께서 아름다우시다는 소문을 들어서 초상화나 한 장 그릴 수 있을까 하는 생각에 차, 찾아왔습니다."

미우라는 순간 당황했다.

자신의 예상과는 다른 것도 그렇지만 겉모습과는 달리 의외의 모습을 보여주는 왕자가 이상하게 보였던 것이다. 귀엽게 보인달까?

자신도 모르게 드는 생각에 그녀는 얼굴을 붉혔다.

"아, 안 됩니까?"

"아니에요. 그 정도라면 얼마든지 들어줄 수 있지요."

"그럼 조금 후에 다시."

성녀가 급히 방을 나가자 라울은 황당한 표정으로 루델을 돌아보았다. 그러나 루델의 얼굴은 이미 싸늘하게 굳어져 있었다.

"뭐야?"

"아, 방금 전까지와는 너무 다르셔서……."

짧은 비웃음을 날리며 루델은 고개를 돌렸다.

"그보다 의문이 하나 더 늘었어."

"예?"

"나중에 얘기하지."

남아 있는 성기사를 의식하며 루델은 고개를 돌렸다.

"이 정도면 되었나요?"

"사실 평범한 평소 얼굴을 그려보고 싶었습니다만. 이걸로 만족하겠습니다."

얼굴을 붉히며 루델은 종이에 미우라의 얼굴을 그리기 시작했다. 뒤에서 그걸 구경하던 라울은 진짜처럼 섬세하게 그려진 성녀의 얼굴을 보고 놀라고 말았다.

단순히 장난이라고 생각했는데 그게 아닌 모양이었다.

"자, 마음에 드십니까?"

"잘 그렸네요. 내게도 한 장 그려주세요."

당당한 요구에 라울은 얼굴을 찌푸렸지만, 루델은 신경 쓰지 않는 듯 기쁜 얼굴로 한 장을 더 그렸다.

"그럼 이만."

자신이 그려진 그림을 품에 갈무리하며 그녀는 곧 돌아가 버렸다.

"에……."

처음의 계획과는 달리 별다른 소득도 없이 만남이 끝나자 라울은 의아한 눈으로 루델을 쳐다보았다.

"오늘은 이만 돌아가자."

늦은 밤. 마차 주위 공간을 차단한 루델은 빈 종이에 또 하나의 초상화를 그렸다. 졸린 눈으로 그것을 지켜본 라울은 의아한 표정을 지었다.

루델이 새로 그리는 그림은 머리 모양만 틀렸지 성녀 미우라의 얼굴이었던 것이다.

"정말 잘 그리십니다."

"아니야. 오랜만에 그리는 거라 제대로 못 그렸어."

"그래도 제 눈에는 잘 그린 걸로 보입니다."

"훗."

짧게 웃으며 루델은 두 장의 그림을 라울에게 내밀었다.

"자, 여기서 질문."

"네?"

"두 그림의 차이점이 뭐지?"

루델의 질문에 라울은 두 장의 그림을 유심히 살펴보았다. 얼핏 보기엔 똑같은 얼굴이었지만 자세히 보니 조금 차이가 있었다.

"새로 그리신 그림이 뭐랄까, 조금 성숙해 보입니다."

"그래도 기본적으로 같은 사람이지?"

"예. 이건 아무리 봐도 같은 사람을 그려놓은 겁니다."

라울의 대답에 루델은 눈매를 좁혔다.

갑자기 심각한 분위기를 풍기는 루델을 쳐다보며 라울은 고개를 기울였다.

"무슨 문제라도 있습니까."

"문제라면 많지. 우선, 둘은 다른 사람이야."

라울은 고개를 갸웃거렸다.

"아닌 거 같아?"

"예."

루델은 고개를 저었다.

"처음 그림은 아까 그린 성녀 미우라의 얼굴이야."

"그거야 같이 있었지 않습니까."

"그리고 지금 그린 건 마녀 트리시의 얼굴이다."

"네?"

라울은 얼굴을 찡그리며 두 초상화를 몇 번이고 비교해 보았다.

"아무리 봐도 동일인물입니다만."

"그러니까 고민이라는 거야."

"그럼 의문이 하나 늘었다는 이야기가……."

"그래, 바로 그거야."

라울은 생각에 잠겼다.

"이해가 안 갑니다. 설마 트리시의 얼굴을 잘못 그리신 거 아닙니까?"

"아니야. 확실해."

"그렇다고 해도 250년 전 사람이 지금 성녀 노릇을 하고 있을 리도 없지 않습니까."

"하긴, 트리시였다면 나를 알아봤겠지."

라울은 다시 생각에 잠겼다. 그러다 문득 그는 고개를 갸웃거리며 입을 열었다.

"잠깐, 그러고 보니 공통점이 너무 많지 않습니까?"

"음?"

"두 사람 다 어린 나이에 성녀의 자리에 올랐습니다. 거기에 똑같이 역사상 최고라 평가받는 신성 마법 실력을 가지고 있습니다. 얼굴도 똑같고. 성격은 어떻습니까?"

루델은 고개를 저었다.

"성격만큼은 확실히 달라. 트리시 쪽은 좀 얼빠진 성격이지만 이쪽은 상당히 건방진 성격이니까. 짜증나기는 마찬가지지만."

"흥미로운 일입니다. 이거야말로 기록으로 남기기에 딱인 이야기가 아닙니까."

라울은 음흉한 미소를 흘리며 초상화를 바라보았다.

다음날. 다시 미우라를 찾아간 둘은 역시 한참을 기다린 후에야 그녀를 만날 수 있었다.

"안녕하세요. 또 왔군요."

"예, 성녀님."

"그래, 오늘은 무슨 일로 찾아왔죠?"

"오늘은 피시스 왕국의 왕자로서 찾아온 겁니다. 단둘이서만 이야기를 나눌 수 있겠습니까?"

다소 차가운 태도의 루델을 쳐다보며 그녀는 고개를 끄덕였다.

"어려울 것 없지요."

미우라는 루델을 데리고 자신의 방으로 향했다.

방으로 들어와 문이 잠긴 걸 확인한 후에야 루델은 주위 공간을 차단했다. 미우라는 무언가 이상한 느낌을 받았지만 방이 통째로 격리되었다는 사실을 알아차리지는 못했다.

"자, 그럼 어디 찾아온 이유를 말해보세요."

"그럴까?"

갑자기 돌변한 태도에 미우라는 눈매를 좁혔다.

"이건 무슨 의도로 받아들여야 하죠?"

"별거 아니야. 그저 물어볼 게 있어서 말이지."

"할 말 없으니 나가세요."

미우라가 매몰차게 몸을 돌렸지만 루델은 물러서지 않았다.

"일 년 만에 만나는 연인에게 너무 매정한 거 아니야?"

"뭐라고요?"

루델의 황당한 말에 미우라는 멍한 표정을 지었다.

"나를 못 알아보겠나?"

"나는 당신을 어제 처음 봤어요."

"이해할 수 없군. 어째서 일 년 전과는 이렇게 태도가 다르지?"

루델이 정말 이해할 수 없다는 태도를 보이자 미우라는 조금 누그러진 목소리로 물었다.

"당신의 연인이 그렇게 저와 닮았나요?"

"그래. 모든 것이 다. 단 하나만 빼고."

"단 하나?"

"성격."

그녀의 눈매가 심하게 일그러졌다.

"미안하네요. 아무래도 전 당신이 찾는 사람이 아닌 모양이에요."

"그렇다면 벗겨보는 수밖에 없나?"

"뭐가 어쩌고 어째요?"

결국 화를 참지 못하고 미우라는 손을 뻗었다.

"아?"

그러나 그녀의 손바닥에서는 아무런 빛도 모이지 않았다.

"왜 이러지?"

"무슨 문제라도 있나?"

"어째서 마력이 모이지 않는 거지?"

당황하는 그녀의 모습에 루델은 조심스레 힘을 거두었다. 그러자 순식간에 그녀의 손바닥에 밝은 빛이 모여들었다.

"그럼 같은 사람이 아니라는 걸 확인했으니, 다른 이야기를 해볼까?"

미묘한 미소를 감추며 루델이 말했다.

"다른 이야기요?"

"그래, 정치적인 이야기야."

루델과 미우라는 오랫동안 미켈의 반환 문제를 놓고 설전을 벌였다. 그러나 기본적으로 미우라의 입장이 반환할 여지가 전혀 없다였기에 대화는 이루어지지 않았다.

"도대체 무슨 생각이지?"

루델이 돌아가고 나서 혼자 남은 미우라는 고개를 갸웃거렸다.

초상화를 그려주겠다고 찾아왔다가 일 년 전에 헤어진 연인을 닮았다고 주장하고, 결국엔 민감한 정치적인 논의까지 펼치고 돌아간 왕자를 이해할 수 없었기 때문이다.

"살짝 돌았나?"

성녀라는 신분에 어울리지 않는 말을 중얼거리며 미우라는 얼굴을 찡그렸다.

"지랄병은 마법으로도 못 고치는데."

내일도 찾아오겠다며 돌아간 루델 왕자를 떠올리며 미우라는 잠자리에 들었다.

"미친놈에겐 그저 매가 약이지."

"후후후."

미우라의 말대로 루델은 미친 사람처럼 음흉한 웃음소리를 내고 있었다.

"이거 정말 매력적인데? 격리된 공간 안에서는 마법까지 억제할 수 있다니."

손안에 만들어진 조그만 공간을 주무르며 루델은 어깨를 들썩였다.

"좋아, 좋았어!"

손에 쥔 공간을 찌그러뜨리며 루델은 기쁨에 찬 미소를 흘렸다.

다음날 미우라는 다시 찾아온 루델과 도시 자치권을 놓고
대화를 나누고 있었다.

"그러니까 지금 일어나고 있는 문제가 해결되지 않는 이상
지배권을 넘기지는 못하겠다?"

"그래요."

"이봐, 한 달 가까이 질질 끌고 희생자만 늘리고 있는 주제
에 뭐가 잘났다고 자치권을 유지하겠다는 거야?"

미우라는 할 말이 없었다. 그것은 부정할 수 없는 사실이었
다. 한 달 동안 전염병에 감염되는 사람들은 늘어나고 있었지
만 그녀의 신성 마법은 전혀 통하지 않았다.

"쓸데없는 고집 그만 부리지. 많은 사람들의 생명을 담보
로 잡고 있다니. 애초에 신성교국은 국가를 초월한 성직자들
의 모임이 아니었나?"

미우라는 입을 다물었다. 루델 왕자의 말에 어떻게 대꾸할
수 없었기 때문이다.

"추하군."

"뭐라고요? 우리는 많은 사람들을 위해 노력해 오고 있어
요. 이 도시 하나에서 좌절하고 있다지만 그건 너무 심한 말
이 아닌가요?"

"그럼 물러나."

"아직 안 된다니까요!"

"그렇다면 제안을 하나 하지."

미우라는 제안이라는 말에 관심이 생겼다.

"어디 한번 들어보죠."

"만일 내가 감염자들을 획기적으로 줄일 대안을 내놓는다면, 도시의 자치권을 내놓고 돌아갈 텐가?"

"당신이요? 신성 마법의 도움도 받지 않고?"

"그건 아니지. 너도 도와야지."

미우라는 코웃음을 쳤다. 그러나 루델은 진지한 표정으로 그녀를 노려보며 말을 이었다.

"이봐. 만일 내 방식대로 해서 감염자들을 대폭 줄일 수 있다면 어쩔 거야? 너희들의 평판이 나빠질 텐데?"

미우라는 눈매를 찡그렸다.

"좋아요. 그럼 일이 잘 풀린다면 공은 우리 교국이 차지하는 걸로 하죠."

"나중에 다른 말 하지 않기를 바라."

"제가 할 말이에요."

"결국 성녀가 받아들인 겁니까?"

"응. 대공에게 연락해서 인원을 보내달라고 해야지."

라울은 다행이라고 생각했다. 이미 루델의 예방책은 확실한 결과를 얻고 있었다.

"그럼 더 볼 것도 없겠습니다."

"그러니까 대공에게 빨리 인원을 편성해 보내라고 해."

"하지만 다녀오려면 보름은 넘게 걸릴 텐데, 같이 안 가서도 괜찮겠습니까?"

루델은 고개를 저었다.

"그럴 필요 없어. 내가 보내주지."

"예?"

의아한 표정을 짓는 라울에게 루델은 손을 뻗었다.

"빨리 돌아와."

"왕자님!"

잠시 어지러움을 느낀 라울은 정신을 차렸다. 그러나 그는 주위 풍경이 방금 전까지 자신이 있던 곳이 아니라는 사실을 알아차렸다.

"여긴……."

멀리 보이는 포트란 공국의 수도 울란을 바라보며 라울은 멍한 표정을 지었다.

"어떻게?"

"또."

북쪽의 한 도시에서 마력 밀도를 조절하던 세크레타는 고개를 돌려 남쪽을 바라보았다.

"요즘 들어 자주 사용하네. 아직은 무리일 텐데……."

입술을 깨물던 세크레타는 한숨을 내쉬며 보석을 가방에 집어넣었다.

"정말, 꼭 챙겨줘야 되겠니?"

"확실히 신성 마법은 탐이 나긴 한데……."

멀리서 독에 감염된 환자를 치료하는 미우라를 쳐다보며 루델은 입맛을 다셨다.

"어떻게 손에 넣을 수 없을까?"

"힘들 거라고 봐."

"그래요?"

등 뒤에서 들려오는 말에 싱거운 대답을 하던 루델은 급히 고개를 돌렸다.

"일 년 만이지?"

"누님!"

루델은 반가운 얼굴로 세크레타를 들어 올렸다.

"어째 지나치게 반가워하는 것 같은데?"

"당연하죠! 죽은 줄 알았다고요!"

"그럴 리가."

세크레타는 담담한 미소를 지으며 루델을 내려다보았다.

"묻고 싶은 게 많은 얼굴이구나?"

"그렇게 보여요?"

"그래."

둘은 서로를 쳐다보며 환한 미소를 지었다.

"응?"

환자를 치료하던 미우라는 멀리 앉아 있는 루델에게 안겨 드는 녹색 물체를 보고 눈을 찡그렸다.

"리타?"

루델 왕자에게 다가가며 미우라는 고개를 기울였다.

리타와 루델 왕자는 환한 얼굴로 이야기를 주고받고 있었 다. 그 모습이 얼마나 정겹던지 미우라는 왠지 모르게 심술이 났다.

"안녕, 리타?"

"아, 성녀님. 오랜만이네요."

"으응."

서로 인사를 건네는 둘을 쳐다보던 루델은 세크레타를 돌 아보며 입맛을 다셨다.

"또 리타예요?"

"헤헷."

루델의 핀잔에 세크레타는 귀여운 미소를 지었다.

미우라는 그 모습에 기분이 좋지 않았다. 처음 만났을 때 리타가 얼마나 차가운 태도를 보였는지 기억하고 있었기 때 문이다.

'저렇게 대화할 사람이 있었던 건가.'

그녀는 리타가 자신과 같은 부류라고 생각했었다. 그런데 자신과는 다르게 진심으로 대할 수 있는 상대가 있었다니.

그것이 하필이면 저 보기 싫은 루델 왕자라는 사실에 미우라는 깊은 배신감을 느꼈다.

"아는 사이였니?"

"예."

리타가 환한 얼굴로 대답하자 미우라는 고개를 끄덕였다.

"그렇구나. 그럼 나는 바쁘니까, 나중에 보자."

"예, 성녀님. 나중에 봐요."

"훗!"

멀어져 가는 미우라의 뒷모습을 바라보던 루델은 짧은 웃음을 날렸다.

"왜 또?"

세크레타는 그런 그를 흘겨보며 옆구리를 찔렀다.

"사냥감 하나 찾았구나?"

"무슨 말이에요? 저는 저런 타입 질색이라고요."

그러나 세크레타는 게슴츠레한 눈으로 그를 쳐다보았다.

"그렇게 말하는 사람치고 애인 없는 사람 없더라."

"그러니까 함부로 힘을 쓰지 마."

"겨우 그 말 하러 오신 거예요?"

“그래, 걱정이 돼서 견딜 수가 있어야지.”

어깨를 으쓱이는 세크레타를 쳐다보며 루델은 고개를 끄덕였다.

“알았어요. 당분간 꼭 필요한 곳에만 쓸게요.”

“그래.”

고개를 끄덕이며 세크레타는 몸을 돌렸다.

“그런데 언제 돌아오실 거예요?”

사라지려는 그녀를 향해 루델이 물었다.

“글쎄. 언제가 좋을까.”

“왕국으로 돌아가기 전에는 오셔야 해요.”

“그래, 알았어.”

그 말을 끝으로 세크레타는 다시 모습을 감추었다.

“걱정해 주시는 건가.”

방금 전까지 그녀가 서 있었던 자리를 쳐다보며 루델은 조용히 미소 지었다.

라울이 돌아온 것은 정확히 일주일 후였다.

“묻고 싶은 게 많은 얼굴이네.”

“그래서 빨리 돌아왔습니다.”

루델은 라울의 대답에 조용히 미소 지었다.

“그래, 수도 상황은 어때?”

“격리된 자들 외에는 감염자가 더 이상 나타나지 않고 있

습니다. 격리된 자들은 호전되는 자들과 가망이 없는 자들을
또 나누고 있습니다."
　"좋아. 잘하고 있군. 그럼 여기서도 잘 부탁해."
　"걱정 안 하셔도 됩니다."

　"그래, 이 사람들이 당신이 말한 사람들인가요?"
　"그래."
　"어쩐지 믿음이 가지는 않는군요."
　퉁명스러운 미우라의 말에 라울이 얼굴을 찡그렸다. 어쩐
지 그녀의 태도가 더욱 까탈스러워진 느낌이었다.
　'무슨 일 있었나?'
　사정을 알 리 없는 라울은 그저 고개를 갸웃거릴 수밖에 없
었다.
　"하여간 약속을 잊지 않았으면 좋겠어."
　"당신이나 잊지 말아요."
　퉁명스레 쏘아붙이며 그녀는 다른 환자들을 돌보러 돌아
갔다.
　"이해가 안 갑니다."
　멀어져 가는 그녀의 뒷모습을 쳐다보며 라울은 고개를 저
었다.
　"저런 성격으로 성녀 노릇을 무리없이 하고 있는 걸 보니.
뭐랄까, 왠지 마음에 안 든다고 해야 하려나. 어쨌든 그렇습

니다."

루델은 그 말을 들으며 미우라를 쳐다보았다.

"저 속을 누가 알겠어?"

코웃음을 치며 루델은 어깨를 으쓱였다.

"그런데 그때는 어떻게 하신 겁니까?"

루델은 라울을 쳐다보며 미소 지었다.

"글쎄. 내 밑으로 들어온다면 가르쳐 줄지도 모르지."

라울은 뚱한 표정으로 입술을 내밀었다.

"이미 충분히 부려먹고 있지 않습니까?"

"대답은 안 했잖아."

"좋습니다. 하지만 저는 계속 포트란 공국에 남아 있어야
합니다."

"상관없어. 내가 필요한 것은 적절한 정보니까."

라울은 피식 웃었다. 루델의 제안은 어차피 현재와 다를 게
없었다.

"그럼, 잘 부탁드립니다."

"나 역시."

한 달은 순식간에 지나갔다.

독에 감염된 환자도 모두 치료가 끝났기 때문에 주둔지에
는 전염병에 걸린 사람들만이 남아 있었다.

"오늘은 북쪽 하천을 정화하면 되는 거죠?"

“잘 아는군.”

루델의 퉁명스러운 대답에 미우라는 눈썹을 찡그렸다.

한 달간 같이 지냈지만 그녀는 여전히 루델이 마음에 들지 않았다. 그러나 미우라는 이젠 대놓고 화도 내기도 어려운 처지였다.

그동안 그녀는 루델 왕자에게 이리저리 끌려 다녀야만 했다. 전염병이 더 이상 퍼지지 않게 하기 위해서 그녀의 신성 마법이 필요했기 때문이다.

사용해야 할 마법은 단순하고 초보적인 정화 마법뿐이었지만 그 효과는 확실히 나타나고 있었다.

“일주일 동안 감염자가 하나도 없었어.”

북쪽 하천으로 향하며 루델이 입을 열었다.

“생각해 보니 그렇군요.”

팔짱을 긴 채 그를 따르던 미우라가 퉁명스레 대답했다.

처음에 미우라는 왕자가 환자를 줄일 생각은 하지 않고 엉뚱한 일만 한다고 비웃었었다.

그러나 그가 장담했던 대로 새로 감염되는 사람들은 점점 줄어들었고, 결국 지난 열흘간은 단 한 명도 감염자가 나오지 않았다.

“이 정도면 내가 이긴 거지?”

“그렇네요.”

미우라는 루델의 시선을 피하며 퉁명스럽게 대답했다.

"겨우 정화 마법 따위로 이런 게 가능하다니."

마음에 들지 않는 듯 투덜대는 그녀를 힐끗 쳐다보며 루델은 조용히 미소 지었다.

"무턱대고 힘만 쓴다고 모든 일이 해결된다면 그것만큼 재미없는 일도 없지."

"하여간 제가 졌으니 이 도시의 자치권은 다시 포트란 공국에게 돌려드리죠."

"그걸 꼭 선심 쓴다는 듯이 말할 필요 있어?"

루델의 말에 미우라는 매몰차게 몸을 돌렸다.

"일찍 돌려줬으면 충분히 선심 쓴 거 아닌가요?"

"기대한 내가 바보지."

결국 미우라는 끝까지 그런 태도를 버리지 못하고 교국으로 돌아갔다.

"저러고도 잘살까 모르겠습니다."

"지금도 잘살고 있잖아."

수도로 돌아오는 마차 안에서 라울은 고개를 저었다.

"하긴, 전하도 같은 부류 아니었습니까?"

"비교할 걸 비교해."

퉁명스러운 루델의 말에 라울은 싱거운 미소를 지었다.

"아, 그리고 좋은 소식이 하나 있습니다."

"좋은 소식?"

"네."

밝은 표정으로 고개를 끄덕인 라울은 주위를 슬쩍 둘러보고는 말을 이었다.

"북부에도 전염병이 도는 모양입니다."

"뭐?"

"북부뿐만 아니라 유단 왕국까지 넓게 퍼져 가고 있는 것 같습니다."

"호오. 멋진데?"

루델은 짙은 미소를 지었다.

"그래서 상황은?"

"상당히 큰 피해를 입은 모양입니다. 신성교국에 원조를 요청한 모양인데 아시겠지만 그쪽도 별 힘을 쓰지 못하니 한동안 고생할 겁니다."

"그럼 더 고생하게 두자고."

루델은 얼굴 가득 미소를 머금었다.

을씨년스러운 미켈의 구석진 골목. 로브로 몸을 감싼 노인은 주위를 살피며 걸음을 옮기고 있었다.

"분명히 어딘가에 있을 것이다."

붉은 눈동자를 희번덕이며 그는 골목 안을 자세히 둘러보았다.

"이 근처 시체들이 제일 상태가 좋지 않았으니 틀리진 않았을 텐데……."

한참을 골목 안을 둘러보던 노인은 곧 원하는 물건을 찾을
수 있었다.

검게 칠해진 둥근 원통.

"찾았다!"

후드 밑으로 누런 이를 드러내며 노인은 바닥에 버려진 원
통을 집어 들었다.

"후후후후."

음침한 웃음을 흘리며 품 안으로 원통을 감춘 노인은 주위
를 살피며 곱추처럼 부자연스러운 걸음을 옮기기 시작했다.

Chapter 8
새로운 시작의 길목에서

REGIS

　　2차 용병 부대를 이끌고 볼티아 요새에 주둔 중이었던 하운드 공작은 미크론이 전한 소식에 한숨을 내쉬었다.

"레일리아가 전사했다고?"

"예."

고개를 저으며 공작은 하늘을 올려다보았다.

"전하께선 어떻게 하신다던가."

"전염병이 퍼질 것을 우려하고 계십니다."

공작은 미크론에게 서류 뭉치를 건네받으며 몸을 돌렸다.

"용병 부대를 요새 남쪽으로 이동시키게. 나는 먼저 수도로 돌아가겠네."

"각하!"

미크론은 돌아선 공작에게 말했다.

"폐하께는 어떻게 전하실 겁니까?"

"그건 걱정하지 말게나. 폐하께도 올리비아 공주에게도 내가 직접 전할 테니."

"알겠습니다."

담담히 표정으로 미크론은 고개를 숙였다.

"그리고 죄송합니다."

"자네가 미안해할 일이 아닐세."

하운드 공작에게 소식을 전해 들은 베르데 여왕은 슬픈 표정으로 의자에 몸을 기댔다.

"억지로라도 데리고 왔어야 했어요."

"돌이킬 수 없는 일입니다."

여왕은 원망스러운 표정으로 담담하게 이야기하는 공작을 쳐다보았다.

"아버지는 아무렇지도 않아요?"

"그럼 이제 와서 어쩌겠습니까, 모두 레일리아가 선택한 길입니다. 그 누구를 탓한단 말입니까."

여왕은 고개를 돌렸다. 공작의 말은 틀린 게 없었다. 그러나 그녀는 가슴속에 맺히는 분노를 참기 힘들었다.

"잊지 마십시오, 폐하. 우리는 사적인 원한으로 함부로 움직여서는 안 되는 위치에 있는 사람들입니다."

"알고 있어요!"

안쓰러운 눈길로 자신을 쳐다보는 공작의 시선을 피하며 여왕은 눈을 감았다.

"이럴 때는 루델이 부럽네요."

"폐하……."

깊은 한숨을 내쉬며 여왕은 다시 눈을 떴다.

"그런데 올리비아 공주에겐 어떻게 전하실 거예요?"

공작의 얼굴에 깊은 그늘이 졌다.

세란은 집무실에서 나오는 공작을 물끄러미 쳐다보았다.

"말하셨어요?"

"그래."

담담히 고개를 끄덕이며 공작은 걸음을 옮겼다.

"잘 달래주거라."

세란은 집무실 안에 혼자 남아 있을 올리비아를 생각하며 고개를 저었다.

"이번에는 자신이 없어요."

공작은 말없이 그녀의 머리에 손을 얹었다.

"그보다, 각하께서는 아무렇지도 않으세요?"

"오늘따라 그 말을 여러 번 듣는구나."

세란은 고개를 숙였다.

"죄송해요."

공작은 천천히 고개를 저었다.

"아니다. 걱정하기 때문이라는 걸 내 어찌 모르겠느냐. 어서 공주나 달래주거라."

레일리아가 죽었다는 소식을 전해 들은 올리비아는 아무것도 생각할 수 없었다.

세란은 멍하니 앉아 있는 그녀를 안쓰러운 눈길로 쳐다보았다. 어쩐지 그녀에겐 안 좋은 일만 계속 생기고 있는 것 같았다.

"올리비아."

마냥 있을 수만은 없어서 세란은 그녀를 부드럽게 보듬어 안았다.

"괜찮니?"

"갔어야 했어요."

그제야 한 방울 눈물을 흘리며 올리비아는 세란의 품에 얼굴을 묻었다.

"가서 만났더라면 이렇게 후회가 남지는 않았을 텐데!"

세란은 아무 말도 하지 않았다. 울먹이는 올리비아의 머리를 쓰다듬어 줄 뿐.

"처음부터 제가 여기 오지 않았다면, 유모가 죽을 일은 없었을까요?"

올리비아의 물음에 세란은 한숨을 내쉬었다.

"또 그런다. 네 잘못이 아니야."

"그렇다는 건 알고 있어요. 하지만 자꾸 그렇게 생각하게 된다고요."

세란은 한숨을 내쉬며 그녀를 품에서 떼어놓았다.

"그래선 안 돼. 그런 자책감은 집착만 낳을 뿐이야."

"언니……."

"알겠어?"

올리비아는 고개를 숙였다. 하지만 세란은 그런 올리비아의 턱을 거칠게 들어 올리며 노려보았다.

"그렇게 피하려고 하지 마! 누구나 언젠가는 죽어. 그걸 인정해. 네가 직접 손을 쓰지 않은 이상, 네가 책임져야 할 필요는 없어!"

올리비아는 화난 얼굴로 목소리를 높이는 세란을 멍하니 쳐다보았다. 세란은 어느새 눈물을 흘리고 있었다.

"언니……."

"하여간, 스스로 떨쳐 내! 그것만은 아무도 도와줄 수 없으니까."

세란은 거친 걸음으로 집무실을 나갔다.

다시 혼자 남겨진 올리비아는 멍하니 닫힌 문을 바라보았다. 세란의 말은 어쩐지 자신이 아니라 다른 누군가에게 하는 말 같았다.

“언니…….”

올리비아는 이해할 수 없는 마음에 떨리는 목소리로 세란을 불렀다.

왕궁 밖으로 나온 세란은 깊은 한숨을 내쉬며 쓸쓸하게 웃었다.

“자책감으로 인한 집착? 죽음에 대한 책임?”

세란은 감정을 견디지 못하고 주먹을 휘둘렀다.

“누구에게 말하는 거야!”

멀쩡하게 성벽을 뚫고 들어간 자신의 손을 노려보며 세란은 비웃음을 흘렸다.

“전부 내 얘기면서…….”

게펠 왕자는 굳은 얼굴로 보고서를 바라보았다.

“현재 상황은 절망적이에요.”

“하필이면 이런 때에…….”

칼스의 말에 그는 고개를 저었다.

“운이 없었어요.”

멜리아는 물론 칼스마저도 그 전염병이 자신들이 사용한 고대 유물 때문이라는 사실을 알지 못했다.

“포트란 공국에서도 같은 전염병이 퍼지고 있다더군요.”

“그래. 그럼 거기는 어떻게 하고 있는지 알아봐.”

"예."

칼스가 집무실을 나가자 게펠은 한숨을 내쉬었다.

계획대로 일이 진행되었다면 북포트란은 자신의 손안에 들어왔을 터였다. 그러나 상황은 중부 평야 지대만 손에 넣었을 뿐, 동부와 서부에서는 그저 물러설 수밖에 없었다.

"루델 왕자……."

루델의 이름을 중얼거리던 게펠은 곧 고개를 저었다.

그의 존재가 분명 거슬리긴 했지만, 이번 원정의 실패는 어디까지나 자신의 실수였다.

"쓸데없이 너무 미적거렸어. 칼스나 멜리아가 말한 대로 손실을 감수하고 움직였어야 했는데."

"그렇게 생각해?"

갑자기 들려온 말에 게펠은 고개를 돌렸다.

활짝 열린 창가에 앉아 있는 조그만 소녀. 바람에 날려 방 안을 휘저어놓는 녹색 머리카락을 쳐다보며 게펠은 고개를 숙였다.

"오랜만입니다, 세크레타 공주."

"오랜만? 우리가 만난 적이 있던가?"

고개를 갸웃거리는 세크레타를 쳐다보며 게펠은 힘없이 미소 지었다.

"있습니다."

"나는 모르겠는데? 뭐, 그건 아무래도 좋아."

어깨를 으쓱이는 세크레타를 쳐다보는 게펠의 마음은 복
잡했다.

"그래, 여기엔 무슨 볼일입니까?"

"고생하고 있는 것 같은데, 도와줄까?"

세크레타의 장난스런 대답에 게펠은 당황했다.

"나를 돕겠단 말입니까?"

"왜, 싫어?"

"공주는 나를 싫어하는 게 아니었습니까?"

조심스레 묻는 게펠을 쳐다보며 세크레타는 부드러운 미
소를 지었다.

"착각하지 마. 너를 위해서가 아니야. 수많은 사람들을 위
해서지."

"그렇습니까."

게펠은 힘없이 고개를 저었다.

"수많은 사람들을 위해서라……."

"그래. 수많은 사람들."

게펠은 세크레타의 말에 얼굴을 찡그렸다.

"하지만 결과적으로는 저를 돕는 일이 아닙니까?"

"뭘 그렇게 신경 쓰는 거야? 그냥 갔으면 좋겠어?"

"아닙니다."

"그럼 시원하게 대답해 봐."

씁쓸한 미소를 지으며 게펠은 자리에서 일어났다.

“도움을 요청하는 바입니다, 세크레타 공주.”

게펠은 최대한 정중하게 세크레타에게 허리를 숙였다.

“받아들이도록 하겠습니다, 게펠 왕자.”

허리춤에 찬 남루한 가방에서 종이 뭉치를 꺼낸 세크레타
는 그것을 게펠에게 던졌다.

“…….”

분명히 던졌는데도 유영하듯 천천히 날아오는 종이 뭉치
를 의아한 시선으로 바라보던 게펠은 손안에 떨어진 종이 뭉
치를 꼭 쥐었다.

“전염병의 예방 대책이 실려 있어. 치료제는 없지만, 환자
들 다루는 내용도 들어 있으니까 잘해봐. 참고로 신성 마법은
아무 소용도 없으니까 요청할 생각 말고.”

게펠은 세크레타의 말을 들으며 고개를 기울였다.

“포트란 공국에도 알려주었습니까?”

“알려줘야지. 너만 알려줄 수는 없잖아?”

“하긴, 그것도 그렇습니다.”

“그럼 나는 이만.”

몸을 일으키려는 세크레타에게 게펠은 다급히 말을 걸었
다.

“잠시…….”

“왜?”

그러나 그는 아무 말도 하지 못했다. 급한 마음에 부르긴

했지만, 따로 할 말이 있었던 것은 아니었던 것이다.

"나는 바쁜 사람이야. 할 말 있으면 빨리 해."

"아……."

급히 눈을 굴리던 게펠은 문득 세크레타의 가방에 매달린 작은 하프에 눈이 갔다.

"하프, 연주해 줄 수 없겠습니까?"

세크레타의 눈이 차갑게 가라앉았다.

"아쉽지만, 다른 사람을 찾아봐."

퉁명스럽게 대꾸하며 세크레타는 빛과 함께 모습을 감추었다. 그녀가 그렇게 사라졌지만 게펠은 한동안 창문을 멍하니 바라보았다.

"후우."

겨우 정신을 차린 그는 손에 들린 종이 뭉치를 내려놓으며 창가로 다가갔다.

"세크레타 공주라……."

그녀의 이름을 불러보던 그는 눈에 띄는 녹색빛에 몸을 숙였다. 그것은 세크레타 공주의 녹색 머리카락이었다.

"……."

자신의 키보다도 더 긴 머리카락을 한동안 쳐다보던 그는 조심스레 그것을 손가락에 감았다. 마치 반지처럼 손가락에 감긴 머리카락을 쳐다보던 게펠은 하늘로 손을 뻗었다.

"지금은 이걸로 만족해야 하나."

왼손 약지에 감긴 채 빛을 받아 반짝이는 머리카락을 올려다보며 그는 미소 지었다.

“언젠가 진짜가 되었으면 좋겠군.”

“…….”

세크레타는 모든 것을 지켜보고 있었다.

“반지…….”

그녀는 게펠처럼 자신의 머리카락을 왼손 약지에 감았다.

“반지라.”

싱거운 미소를 지으며 세크레타는 고개를 저었다.

“감정 따윈 유구한 시간 속에서 증발해 버린 지 오래야.”

세크레타의 손가락에 감긴 머리카락은 그 말과 함께 증발해 버렸다.

“돌아갈까?”

감정 없는 시선으로 남쪽 하늘을 바라보며 세크레타는 눈부신 빛의 날개를 펼쳤다.

“수고했소, 미우라. 덕분에 우리 교국의 체면을 살릴 수 있었구려.”

“당연히 해야 할 일을 했을 뿐이옵니다, 성하.”

교황 라덴바흐의 치하에 성녀 미우라는 공손히 고개를 숙였다.

“그래, 특별한 일은 없었소?”

교황의 질문에 성녀는 고개를 저었다.

“피시스 왕국의 루델 왕자에게 많은 도움을 받았사옵니다.”

“피시스 왕국이라…….”

교황은 고개를 끄덕였다.

성녀와는 달리 주로 정치적인 일을 다루는 그는 피시스 왕국의 동향에 대해 자세히 알고 있었다.

“라벨 산맥 너머는 살기가 어려운 모양이구려. 다시 옛 땅으로 돌아오려는 걸 보니.”

“그것은 두고 봐야 할 일이옵니다.”

성녀의 말에 교황은 고개를 끄덕였다.

“그대 말이 맞소. 하여간 고생했으니 며칠 쉬시오.”

“감사합니다, 성하.”

방으로 돌아온 미우라는 한쪽 벽을 장식한 책장을 바라보았다. 빼곡히 채우고 있는 책의 대부분은 성녀가 알아야 할 필요가 없는 것들이었다.

그저 구색 맞추기로 꽂아놓은 책일 뿐. 덕분에 책장의 책들은 아무도 신경 쓰지 않아 대부분이 오래된 것들뿐이었다.

미우라는 잠시 주변을 살펴본 뒤에 책장에서 평범한 책 한 권을 빼냈다. 겉 표지의 제목은 성녀가 가져야 할 몸가짐에 대한 것이었다.

침대로 책을 가져간 그녀는 서랍에서 조그만 송곳을 꺼냈다.

"후우."

심호흡을 하며 그녀는 자신의 손가락을 조그만 송곳으로 찔렀다. 검붉은 피가 한 방울 책으로 떨어져 내리자 은은한 빛이 순간 책에 어렸다.

마법으로 손가락을 치료하며 그녀는 조심스레 책을 펼쳤다.

한 장 한 장 책을 넘기던 그녀는 품에서 루델 왕자가 그려준 초상화를 꺼냈다.

"역시……."

책에 그려진 초상화와 왕자가 그려진 초상화를 번갈아가며 쳐다보던 그녀는 눈매를 좁혔다.

"나를 그린 게 아니었어."

미우라는 자신의 초상화를 그 페이지에 끼우고 조심스레 책을 덮었다. 다시 송곳으로 손가락을 찌른 그녀는 피 한 방울을 다시 책에 떨어뜨렸다.

그녀가 확인하듯 책을 펼치자 방금 전에 끼워 넣은 초상화가 보이지 않았다. 고개를 끄덕여 안도하며 책을 덮은 그녀는 다시 책장에 그 책을 꽂았다.

"그분을 만났던 걸까?"

잔뜩 굳은 얼굴로 허공을 올려다보며 미우라는 중얼거렸
다.

"그래서 평화 조약을 맺고 싶다는 것이냐?"

"그렇습니다."

길트 대공은 차가운 눈으로 게펠 왕자의 사신을 노려보았
다.

"좋다. 만날 장소와 시간은 이쪽에서 다시 알려주겠다고
전해라."

"알겠습니다."

공손히 인사를 건네며 게펠 왕자의 사신은 물러났다.

기사와 신하들까지 다 나가고 혼자 남자 대공은 허망한 눈
으로 집무실을 둘러보았다.

"쓸쓸하군."

손으로 얼굴을 감싸 쥐며 대공은 헛웃음을 흘렸다. 처음에
는 왕이, 다음에는 올리비아 공주가, 그리고 마지막으로 동생
유반 남작과 레일리아가 한꺼번에 자신을 떠났다.

"십 년. 대륙 중부를 호령하던 두 강대국 중 하나가 몰락하
는 데 십 년도 걸리지 않는단 말인가."

한탄하듯 중얼거리며 대공은 조용히 눈물을 흘렸다.

"이번에 돌아가면 언제쯤 다시 오실 생각이십니까?"

“몰라. 앞으로 몇 년간은 정신없을 테니까.”

라울의 질문에 루델은 그렇게 대답하며 말 위에 올랐다.

“하여간 무슨 전할 말이 있으면 볼티아 요새로 사람을 보내.”

“알겠습니다. 그건 걱정 안 하셔도 될 겁니다.”

“그럼 나중에 보자.”

루델 왕자는 그 말을 남기고 말을 몰았다.

“혼자서 괜찮으려나?”

멀어져 가는 루델의 뒷모습을 쳐다보며 라울은 고개를 저었다. 그를 호위할 사람이 과연 몇이나 될지 알 수 없었던 것이다.

“결국 달의 날개는 중립을 잃었군.”

아쉬운 표정으로 그는 고개를 저었다.

달의 날개는 이천 년 동안 단 한 번도 다른 세력과 규합한 적이 없었다. 그런데 자신은 규합은커녕 오히려 밑으로 들어갔으니 선조들이 알면 무슨 생각을 할지 짐작이 갔다.

“죄인인가.”

헛웃음을 흘리며 라울은 몸을 돌렸다.

대륙 남부 끝 자락에 있는 거대한 분지는 숲으로 뒤덮여 있었다. 흔히 마녀의 숲이라 불리는 그 숲의 한가운데에는 높게 솟은 순백의 탑이 자리하고 있었다.

"헬리온."

멍하니 마녀의 탑을 쳐다보고 있던 그는 동료 성기사의 말에 정신을 차렸다.

"그렇게 넋 놓고 있다간 마녀에게 잡혀간다."

동료의 핀잔에 그는 피식 웃었다.

"마녀는 무슨. 다 쓸데없는 짓이야."

"아무리 여기가 성기사들의 무덤이라지만 말조심해라."

싱거운 헬리온의 말에 동료 기사가 주의를 주었다. 그러나 그는 개의치 않았다.

마녀 트리시의 숲을 감시하는 제13성기사단은 좌천된 성기사들의 무덤이었다. 더 이상 좌천될 곳도 없었기에 소속된 성기사들은 종교적인 생활은 거의 하지 않았다.

"마녀도 지금쯤 저녁을 먹고 있을까?"

제대로 익지도 않은 돼지 다리를 뜯으며 헬리온이 입을 열었다.

"글쎄다. 알 수 없지."

"하긴, 살아 있기나 한 건지 모르지."

헬리온은 설레설레 고개를 저었다.

배속된 성기사들은 누구나 한 번쯤 해보는 생각이었다.

마녀 트리시가 성녀 트리시나를 살해하고 이 숲으로 도망친 지 250년이 지났다. 아무리 성력이 높았다고 하지만 인간이 그렇게 긴 시간을 살 수 있을 리 없었다.

"모를 일이야. 흑마법을 배웠다니까."

"하하. 온몸을 괴물처럼 개조했다거나?"

"머리에 뿔이 나고 꼬리도 달렸을지도 모르지."

그렇게 한창 마녀의 흉을 보고 있던 일행은 말발굽 소리에 움직임을 멈추었다.

"오늘 누가 찾아온다는 연락 있었나?"

검을 뽑아 들며 헬리온이 묻자 성기사 중 한 명이 고개를 저었다.

"아니. 그런 말은 들은 적이 없다."

"운없이 길을 잃은 여행자인가?"

어지간히 운이 없다고 생각하며 헬리온은 소리를 질렀다.

"누구냐!"

헬리온의 외침에 모습을 드러낸 사람은 건장한 체격의 청년이었다.

"성기사? 어째서 이런 곳에……."

청년은 이해할 수 없다는 듯 고개를 갸웃거리며 말을 끌고 다가왔다.

"여기가 어딘 줄 모르는 건가?"

날카로운 질문에 청년은 고개를 저었다.

"죄송합니다. 여행을 하다가 일행과 떨어졌거든요. 그래서 길을 잃었는데, 어디로 가야 할지……."

난감한 표정으로 머리를 긁적이는 청년의 모습에 성기사

들은 고개를 저으며 검을 집어넣었다.

"여긴 마녀의 숲이다. 보아하니 어디 귀족가 도련님 같은데, 어렸을 때 책도 안 봤나?"

"아! 기억합니다. 마녀 트리시나."

"트리시나는 성녀님의 이름이다!"

헬리온이 화를 내자 청년은 놀란 표정으로 고개를 갸웃거렸다.

"그, 그랬나요? 아, 마녀 트리시. 트리시가 맞네요. 둘이 워낙 비슷해서요. 자주 헷갈리곤 해요. 아하하."

어색한 얼굴로 멋쩍은 웃음을 짓는 청년이 헬리온은 마음에 들지 않았다.

"알았으면 돌아가라. 이곳에 외부인을 둘 수는 없으니."

"예? 이 밤중에요?"

곤란해하는 청년과 이미 어둠이 깔린 하늘을 번갈아 쳐다보며 헬리온은 다른 성기사들을 쳐다보았다.

"어쩌지?"

"하룻밤 정도 재워주는 것도 좋겠지. 도련님이 노숙하시려면 힘드실 테니."

"아! 정말입니까? 감사합니다!"

청년은 자신을 비웃는 것도 모르고 활짝 웃으며 허리를 숙였다. 헬리온은 그런 청년이 마음에 들지 않았다. 너무 순진해 보였다고 할까.

“내가 데리고 있지. 따라와라.”
“예!”

헬리온은 청년을 창고로 안내했다.
“오늘은 여기서 묵어라. 그리고 해가 뜨면 바로 떠나.”
“그래야 합니까?”
이해할 수 없다는 듯한 표정으로 묻는 청년을 돌아보며 헬리온은 얼굴을 찌푸렸다.
“원칙상 재워주는 것도 안 된다. 하지만 밤인데 돌려보내는 것도 너무한 일이니 하루만 재워주는 거다.”
“아, 그렇군요.”
청년은 그제야 이해한 듯 고개를 끄덕였다.
“경고하는데, 말썽 피우지 마라.”
그를 잠시 흘겨본 헬리온은 곧 창고를 나갔다.

혼자 남겨진 청년은 창고를 둘러보며 고개를 기울였다.
“식품 창고인가?”
피식 웃으며 그는 포대 안에서 과일을 몇 개 꺼냈다.
“생각보다 힘들지도 모르겠는데.”
눈매를 좁히는 그는 바로 루델이었다.
루델은 예정대로 볼티아 요새로 가지 않고 대륙 남부로 향했던 것이다.

"어쨌든, 오늘은 쉬어야겠군."
과일을 한 입 베어 물며 그는 잠을 청했다.

"또?"
미크론이 얼굴을 구겼다.
"진짜 답이 없네."
테일러도 얼굴을 구기긴 마찬가지였다.
루델이 예정된 날짜에도 돌아오지 않자, 미크론은 포트란 공국으로 전령을 보냈었다. 하지만 돌아온 전령은 이미 보름 전에 루델이 수도를 떠났다는 소식만을 가지고 왔다.
"이번엔 또 어딜 가신 거야?"
"글쎄. 그 속을 누가 알겠냐."
"아, 진짜 돌아버리겠네."
미크론은 머리를 박박 긁으며 테일러를 돌아보았다.
"수도에 가서 전하께서 사라지셨다고 전해라."
"싫은데……."
테일러는 고개를 저으며 싫은 표정을 지었다.
"그럼 내가 가라고?"
"친구 좋다는 게 뭐냐. 그리고 마리에도 몇 달 못 봤을 텐데 좀 만나야지?"
미크론은 인상을 쓰며 테일러를 쳐다보았다.
"여기서 마리에 얘기가 왜 나와?"

“밀키가 내일 올 거니까.”

“…….”

결국 미크론은 한숨을 내쉬며 돌아섰다.

“따라다니면서 챙겨주시는 마누라 둬서 좋겠수?”

“부러우면 너도 해달라고 하든가.”

“쳇!”

마리에 성격에 절대로 그런 일을 할 리 없다는 사실을 둘은
잘 알고 있었다.

“망할.”

다시 한 번 머리를 긁적이며 미크론은 걸음을 옮겼다.

“안개가 짙은데요?”

아침 일찍 일어난 헬리온은 단정한 차림의 청년을 돌아보
며 고개를 끄덕였다.

“운이 좋은 줄 알아라. 안개 덕분에 조금 더 머무를 수 있
으니.”

“여신님께 감사의 기도라도 드려야겠네요.”

“여신?”

고개를 기울이는 헬리온에게 청년은 급히 손을 내저었
다.

“하하, 제 마음의 여신님께요.”

“…….”

무슨 이상한 사람 보는 듯한 시선에 청년은 멋쩍은 표정을 지었다.

"그런데 저 탑은 이런 안개 속에서도 보이네요."

"그만큼 높으니까."

"흐응."

호기심 어린 눈으로 탑을 바라보던 청년이 고개를 돌렸다.

"그런데 숲 안에는 못 들어가는 거예요?"

"결계 때문에 들어가지 못한다."

"구경해 보고 싶네요."

청년의 말에 헬리온은 찌푸린 얼굴로 검을 뽑았다.

"함부로 말하지 않는 게 좋을 거다. 아무리 좌천당한 성기 사라지만 할 일은 확실히 하니까."

"아하하! 농담이에요, 농담."

다급히 물러서는 청년을 노려보다 헬리온은 검을 집어넣었다.

"농담이라도 하지 말아야 할 말이 있다."

"예, 알겠습니다."

결국 루델은 시도도 해보지 못하고 물러설 수밖에 없었다.

"쳇."

루델은 안타까운 시선으로 멀리 보이는 순백의 탑을 노려보았다.

"어쩔 수 없군. 지금은 물러설 수밖에."

분지를 벗어나며 루델은 북쪽으로 말을 몰았다.

"트리시에게 무슨 볼일이라도 있는 거야?"

"그야 물어볼 말이……."

느긋하게 말을 몰아가던 루델은 갑자기 들려오는 세크레타의 물음에 말을 멈췄다. 고개를 든 그는 머리 위에서 자신을 내려다보고 있는 세크레타를 볼 수 있었다.

"……."

"하이~!"

방긋 웃는 그녀와는 달리 루델의 얼굴은 게슴츠레한 시선으로 그녀를 올려다보았다.

"저기, 누님."

"왜?"

"그 날개, 너무 눈에 띄는 거 아니에요?"

"응?"

고개를 갸웃거리며 뒤를 돌아본 세크레타는 길게 펼쳐진 빛의 날개를 보며 어색하게 미소 지었다.

"에헤헤."

"웃을 일이 아니라고요. 대체 누님의 정체는 뭐예요?"

"전에도 말했지만, 지구인이지."

빛의 날개를 없애고 루델 뒤에 내려앉으며 세크레타가 대답했다.

"도대체 몇 년 전에 이 세계에서 눈을 뜬 거예요?"

"까먹었는데."

"장난은 그만 치시고요."

"아니야. 정말 까먹었어."

다시 허공으로 날아오르며 그녀는 말을 이었다.

"그게 언제였더라……."

말의 걸음에 맞춰 둥실둥실 떠가며 세크레타는 생각에 잠겼다.

"그럼 지나온 경력이나 말해보세요."

"알고 싶어?"

눈웃음을 치며 유영하듯 다가오는 세크레타를 밀쳐내며 루델이 말했다.

"어차피 심심하잖아요."

세크레타는 다시 루델의 뒤에 내려앉았다.

"별거없어. 역사상 행방이 묘연한 인물들이면 거의 나라고 보면 돼."

"……."

루델은 고개를 기울였다.

"한두 명이 아니잖아요."

"되짚어보자면 일단 이 세크레타 공주도 그렇고. 삼백 년 전 제국의 마지막 황녀인 휴세티나도 그렇고. 더 돌이켜 보자면……."

생각에 잠기는 그녀를 슬쩍 돌아보며 루델이 입을 열었다.

"키트리네의 엄마는요?"

"아, 그러고 보니 그랬었지."

머리를 콩 쥐어박으며 그녀는 되물었다.

"잘 지내지, 그 아이는?"

"모르시겠지만, 드래곤의 몸을 잃었어요."

"그럴 수밖에. 선천적으로 불구였으니까."

"네?"

의아해하는 루델의 등에 얼굴을 기대며 세크레타는 낮은 목소리로 대답했다.

"그 아이의 몸은 원래 백 년도 버티지 못했어. 하지만 좀 불쌍하더라고. 그래서 내가 쓰던 요정의 몸을 주었지. 물론 내가 죽은 줄 알고 있겠지만."

"그럼 얼마 전까지 쓰던 몸이 누님의 몸이었군요."

"그래."

루델은 고개를 끄덕이다가 다시 물었다.

"그런데 마녀 트리시 말인데요."

"트리시가 왜?"

"성녀 미우라랑 닮지 않았어요?"

세크레타는 고개를 끄덕였다. 그녀 역시 닮았다는 사실에 놀란 적이 있었던 것이다.

"하지만 동일인이 아니야."

"너무 닮았더라고요. 비슷한 점도 많고."

"그럴 수도 있겠지."

별거 아닌 듯 세크레타는 어깨를 으쓱였다.

"요!"

"……."

활짝 웃으며 손을 흔드는 녹색의 소녀를 보고 테일러는 할 말을 잃었다.

말도 없이 사라졌다가 한 달 만에 돌아온 루델에게 늘어놓을 잔소리를 잔뜩 준비하고 맞이하러 나왔더니, 의외의 인물이 함께 있었던 것이다.

일 년 전에 사라진 세크레타 공주.

루델 왕자는 인정하지 않았지만 다른 사람들은 그녀가 목숨을 담보로 정화 마법을 사용했다고 생각하고 있었다.

그래서 테일러의 놀라움은 더욱 컸다.

"왜 그래?"

"혹시, 귀신이라든지……."

"얘네들 상태가 왜 이래?"

짜증나는 표정으로 돌아보는 세크레타에게 루델은 말없이 웃어줄 수밖에 없었다.

루델 왕자가 돌아왔다는 소식에 왕궁은 오랜만에 활기를

띠고 있었다.

"이게 몇 달 만이니?"

"그러게요."

여왕의 말에 세란도 밝은 얼굴로 키트리네의 옷을 입혀주었다.

"그렇지, 올리비아?"

"예? 그, 그렇죠."

레이아 공주의 드레스를 입혀주던 올리비아는 세란의 말에 어색한 미소를 지었다. 루델이 돌아온다니 유모에 대한 기억이 다시 떠올랐기 때문이다.

"자, 어서 가자꾸나."

"예, 폐하."

"……."

"……."

루델은 고개를 저었다.

볼티아 요새에서 테일러가 보였던 반응을 다시 보았기 때문이었다.

"구간 반복인가?"

"쓸모없는 기능이에요."

세크레타의 말에 루델은 어깨를 으쓱였다.

"다들 왜 그렇게 서 있어? 헤어진 지 일 년도 안 됐는데."

“언니…….”

제일 먼저 정신을 차린 사람은 베르데 여왕이었다.

“무사했구나.”

“당연하지.”

고개를 쳐들며 당연하다는 듯 이야기하는 모습에 여왕은 고개를 저었다.

“오랜만이에요, 큰언니.”

“오랜만이에요, 공주님.”

“레이아랑 세란도. 그런데 엘프 아가씨가 안 보이네?”

고개를 갸웃거리는 세크레타의 말에 세란은 짓궂은 미소를 지었다. 일부러 리디아에겐 알리지 않았던 것이다.

“일부러 안 알렸지요. 내일쯤 알리려고요.”

“저런.”

설레설레 고개를 저으며 세크레타는 하운드 공작과 미크론은 쳐다보았다. 둘은 고개를 끄덕일 뿐 말이 없었다. 무사히 돌아온 것만으로도 그들에겐 충분한 일이었던 것이다.

“그런데 못 보던 얼굴이 둘이나 있네? 재주도 좋아.”

“그러게요.”

“맞아요.”

게슴츠레한 시선으로 돌아보며 세크레타가 말하자 여왕과 세란이 거들었다.

“제가 좀 매력적이긴 하죠.”

“웃기기는.”

눈을 흘기며 그녀는 올리비아를 쳐다보았다.

“그쪽이 올리비아 공주겠네.”

“이야기는 많이 들었습니다.”

올리비아는 공손히 고개를 숙이며 대답했다.

고개를 끄덕이며 세크레타는 마지막으로 남은 키트리네를 쳐다보았다.

키트리네는 차분한 표정으로 세크레타를 쳐다보고 있었다. 루델과 똑같이 파멸의 힘을 가진 인간. 그녀 덕분에 4년간 잠을 자야 했던 적도 있었지만, 그것은 애써 무시했다.

이유를 알 수 없는 불안감. 그것이 무엇인지 그녀는 이해할 수 없었다.

“우리는 먼저 들어가죠.”

“전하?”

루델이 키트리네에게 인사할 여유도 주지 않고 앞장서자 모두는 의아한 얼굴로 고개를 기울였다.

“하지만……..”

이해하지 못하는 세란에게 웃어 보이며 루델은 세크레타를 슬쩍 돌아보았다.

“모처럼 만의 모녀 상봉인데 방해할 수야 없잖아?”

“네?”

“그게 무슨 말씀이십니까?”

루델의 말을 이해하지 못한 모두는 황당한 표정을 지으며 그를 쳐다보았다.

"누님, 슬슬 얘기하시는 게 어때요?"

"에휴."

루델을 흘겨보며 세크레타는 뾰로통한 표정을 지었다.

"조금 감동적인 장면이면 안 되니?"

"그러니까 피해주겠다는 거 아니에요."

그녀는 얼굴을 찌푸리며 키트리네에게 다가갔다.

키트리네는 현재 상황을 이해하지 못했다. 갑자기 모녀 상봉이라니. 그녀는 그저 다가오는 세크레타를 의문을 품은 눈으로 쳐다볼 수밖에 없었다.

"오랜만이구나."

"응?"

"역시 이 모습을 알아보는 것은 어려운가?"

싱거운 미소를 지으며 세크레타는 눈을 감았다.

순간 밝은 빛이 그녀를 감쌌다. 몇 분 동안 그녀를 감싼 환한 빛이 사그라지자 그곳에는 키트리네와 똑같이 생긴 요정 소녀가 서 있었다.

"엄마……?"

"이러면 알아보겠니?"

키트리네는 자신도 모르게 눈물을 흘렸다. 어떻게 그녀를 알아보지 못한단 말인가.

“엄마!”

울부짖으며 세크레타에게 안겨드는 키트리네의 모습에 모두는 할 말을 잃고 말았다.

“그러니까, 세크레타 공주는 그때 죽은 거군요.”

“그런 셈이지.”

하운드 공작의 질문에 세크레타는 미소 지었다.

“언니도 드래곤이었어?”

베르데 여왕은 불신에 찬 눈으로 그녀에게 물었다.

“그건 아니야.”

“그럼……”

“시간 속을 헤매는 떠돌이려나?”

여왕과 공작은 어깨를 으쓱이는 세크레타를 말없이 쳐다보았다.

“그럼 이제부터 뭐라고 불러야 하는 겁니까?”

“리타. 리타라고 부르면 돼.”

“우앙. 엄마, 엄마.”

베르데 여왕은 리타에게 안겨들어 엄마를 중얼거리는 키트리네를 한심한 시선으로 바라보고 있었다.

“언니.”

“왜?”

“잘 봐줘야 열 살밖에 안 되는 어린애 둘이 그러고 있으니까, 조금 보기 괴로운데?”

리타는 여왕의 말에 고개를 기울였다.

“이상해?”

“당연하지. 애 둘이서 ‘엄마~’, ‘그래 사랑하는 우리 딸~’ 이러고 있어봐. 당연히 이상하게 보인다고. 안 그러니, 세란?”

올리비아와 함께 리타의 짐을 정리하던 세란은 고개를 기울였다.

“애가 애를 키운다니… 조금 그렇긴 하죠.”

“아니, 이것들이!”

키트리네를 밀쳐 낸 리타는 바로 빛에 휩싸였다.

“어떠냐!”

다시 빛이 사그라지고 나자 모습을 드러낸 것은 훤칠한 키의 미녀였다.

“이 정도면 쭉쭉빵빵한 부담스러운 스타일이지?”

“언니!”

“리타님!”

당당하게 외치는 리타였지만 여왕과 세란은 급히 그녀를 불렀다.

“왜! 이젠 뭐가 불만이야?”

“오, 옷 좀……”

“옷?”

고개를 숙인 리타는 바닥에 떨어져 있는 옷을 볼 수 있었다.

"뭐 어때, 다 여자들만 있는데."

"……"

퉁명스레 대답하는 그녀에게 여왕은 손가락으로 뒤를 가리켰다. 의아해하며 고개를 돌린 리타는 찡그린 얼굴의 루델을 볼 수 있었다.

"난 또 누구라고. 루잖아."

"뭐 하시는 거예요?"

"그냥 수다."

"누군 일 때문에 바빠 죽겠구만."

짜증이 담긴 얼굴로 한숨을 내쉬는 루델에게 리타는 뇌쇄적인 포즈를 잡아 보이며 물었다.

"어때?"

"엑?"

황당한 리타의 행동에 모두가 벙찐 표정을 지었지만 당사자인 루델의 반응은 뚱했다.

"웬 아줌마예요?"

"아줌마? 애 딸린 아줌마는 저기 있는 네 엄마고."

"누가 애 딸린 아줌마라는 거예요!"

"나는?"

여왕과 키트리네가 동시에 소리를 질렀다.

"끄응."

　몰려오는 두통에 머리를 짚으며 루델이 고개를 젓자 리타의 몸은 다시 빛에 휩싸였다.

"아, 제한 시간 다 되었네."

"변신에 제한 시간도 있어요?"

　툴툴대던 리타는 루델의 질문에 고개를 끄덕였다.

"몸에 무리가 많이 가니까. 만들어진 몸이라 지금 이 어린애 모습이 가장 효율이 좋아."

　팔을 활짝 펴 보이며 리타는 미소 지었다.

"만들어진 몸? 설마 전에 말한 광합성이라는 거 농담이 아니었어요?"

"응. 농담인 줄 알았어?"

"당연하죠!"

"그랬구나. 머리카락이 긴 것도 색이 녹색인 것도 전부 광합성 때문이야. 만드느라 고생 좀 했지."

　서로 대화를 주고받는 둘을 쳐다보는 모두는 얼굴이 붉게 물들어 있었다.

　다시 어린애 모습으로 돌아온 리타는 옷을 입을 생각은 안 하고 알몸으로 루델과 대화를 나누고 있었다. 루델 역시 알몸의 리타는 신경도 쓰지 않고 있었으니 보고 있는 사람으로선 심히 난감할 수밖에 없었다.

"제발 옷 좀 입어!!"

　결국 참다못한 키트리네가 소리를 질렀다.

"아, 잊고 있었네."

그제야 리타는 머리를 긁적이며 바닥에 떨어진 옷을 집어 들었다. 하지만 이내 뭔가 기억났는지 다시 루델을 돌아보며 입을 열었다.

"그럼 이 모습은 어때?"

"아까보단 훨씬 보기 좋은데요."

루델의 대답에 모두의 얼굴이 싸늘하게 식어갔다.

"그런 취향이었구나."

아무렇지도 않게 옷을 입으며 리타가 중얼거렸다.

"설마, 왕자님. 어린 여자애들 좋아하세요?"

불안한 얼굴로 세란이 묻자 루델은 이해할 수 없다는 표정으로 대답했다.

"왜? 귀엽잖아. 사랑스럽고. 당연한 거 아니야?"

"해석하기 나름이죠……."

게슴츠레한 눈으로 세란은 고개를 돌렸다.

"레일리아님의 죽음은 막을 수 없었어요."

늦은 밤. 집무실에는 루델과 여왕, 하운드 공작, 그리고 리타가 자리하고 있었다.

"그렇구나."

여왕은 루델의 이야기에 천천히 고개를 끄덕였다.

세 사람을 지켜보고 있던 리타는 품에서 펜던트를 꺼냈다.

"그녀의 유품이야. 벨이 가지는 게 좋을까?"

내밀어진 펜던트를 바라보며 여왕은 고개를 저었다.

"아니에요. 그걸 가져야 할 사람은 따로 있어요."

"그렇습니다. 저희보다는 올리비아 공주에게 주는 것이 더 좋으리라 생각합니다."

리타는 고개를 끄덕이며 루델에게 펜던트를 넘겼다.

"다른 사람보다 네가 전해주는 게 좋겠지?"

"제가요?"

"그래. 그게 더 이해하기 쉽겠지. 위로도 좀 해주고."

리타의 말에 루델은 싱거운 표정을 지었다.

"위로라. 그런 건 서투른데요."

"하여간 네가 전해주는 게 모양새가 좋아."

어쩔 수 없는 표정을 지으며 루델은 펜던트를 품 안으로 갈무리했다.

달빛이 비치는 발코니. 루델은 빈 잔을 채우며 리타를 쳐다보았다.

"그럼 이제부터 어쩌실 거예요?"

"글쎄. 일단 마력 공급은 주기적으로 해줘야 하니까. 자주 돌아다녀야겠지."

그녀의 대답에 루델은 고개를 저으며 미소 지었다.

"그것도 누님이 하는 일이었어요?"

“그래. 다른 사람에겐 말하지 마.”

“예.”

싱거운 미소로 루델은 고개를 끄덕였다.

“그리고, 이번 사건 같은 일이 벌어지면 최악의 상황이 벌어지지 않게 조절도 해야 하고.”

루델은 리타의 말에 주변 공간을 차단했다.

“왜?”

“남이 들어봐야 좋을 것 없는 이야기잖아요?”

리타는 고개를 끄덕이며 미소 지었다.

“그 말이 맞아. 남이 들어봐야 좋을 것 하나 없는 이야기지.”

“하여간 그래서 게펠에게 예방책을 알려준 거였군요.”

“응. 피해는 충분히 입었다고 생각했으니까. 더 이상은 위험하다고 판단했을 뿐이야.”

고개를 끄덕이며 루델은 힘없이 한숨을 내쉬었다.

“무턱대고 너만 도울 수는 없잖아? 나도 입장이라는 것이 있으니.”

“이해해요. 하지만, 그런 건 상관없다고 생각했어요.”

“왜?”

“우리들은 이 세계에서 뭐예요?”

“…….”

리타는 한동안 루델을 쳐다보았다.

"무슨 말인지 알겠다. 나도 한동안 그것에 대해 생각했었으니까."

"누님이 얻은 답은 자신이 할 수 있는 한도 내에서의 조율이군요."

"건방져 보이지? 마치 신이라도 된 것처럼 착각하는."

쓸쓸한 미소를 짓는 리타였지만 루델은 고개를 저었다.

"어차피 저도 마찬가지인걸요."

"뭘?"

"아직 저는 이 세계에서의 의미를 찾지 못했어요."

"루……."

"과연 이 세계에서의 삶이 내게 무슨 의미가 있을지."

거칠게 술잔을 비우며 루델은 한숨을 내쉬었다.

"찾을 수 있을까요?"

"응. 분명, 찾을 수 있을 거야."

리타는 새하얗게 빛나는 달을 올려다보며 대답했다. 루델은 그녀처럼 달을 올려다보며 술병을 입에 물었다.

"부서지는 달빛은 눈처럼 녹아들고, 흩날리는 별빛은 이슬처럼 맺히나니……."

술에 취해 중얼거리는 루델의 말에 리타는 굳은 표정으로 고개를 돌렸다.

"뭐야, 그 유치한 시는?"

"하하. 유치하죠? 언젠가 어딘가에서 누구에게 바쳤던 시예요. 물론 유치하다고 퇴짜를 맞았지만요."

"취했구나."

설레설레 고개를 저으며 리타는 루델에게 담요를 덮어주었다.

"아무래도 세란을 불러야겠네."

어쩔 수 없다는 어깨를 으쓱이며 리타는 루델이 펼친 힘을 강제로 제거했다.

발코니를 떠나 세란의 방으로 향하던 리타는 복도의 커다란 창문 밖의 달을 올려다보며 조용히 중얼거렸다.

"부서지는 달빛은 눈처럼 녹아들고, 흩날리는 별빛은 이슬처럼 맺히나니, 나는 달빛이 되어 그대 마음을 적시고, 나는 별빛이 되어 그대 곁에 머무리라."

끊어진 시를 완성한 리타는 한숨을 내쉬었다.

"고귀한 밤의 여신에게… 라는 제목이었나."

리타는 눈가에 맺힌 눈물을 훔치며 고개를 저었다.

"유구한 시간 속에서 모든 것을 잃었다고 생각했었는데. 그것이 아니었구나."

멈추지 않는 눈물을 원망하며 리타는 어두운 그림자 속으로 몸을 숨겼다.

"유치해. 유치하다고 바보야. 너무 유치해서 대답하지 못했을 뿐이야."

　하염없이 흐르는 눈물에 몸을 맡기며 리타는 어둠 속에서 밝은 달을 올려다보았다.
　"뮤, 나는 이제야 의미를 찾았어."

『레기스』 제3권 끝